ホントのキモチ！

〜運命《うんめい》の相手《あいて》は、イケメンふたごのどっち!?〜

望月《もちづき》くらげ・作
小鳩《こばと》ぐみ・絵

アルファポリスきずな文庫

加《か》納《のう》 凜《りん》

どこにでもいるような、平凡《へいぼん》な中学《ちゅうがく》二年生《にねんせい》。同《おな》じクラスのふたごの兄《あに》・樹《いつき》をひそかに想《おも》っている。

中《なか》川《がわ》 蒼《あおい》

ふたごの弟《おとうと》。やんちゃで、ちょっと 悪《わる》い男子《だんし》に人気《にんき》だけど、実《じつ》は女子《じょし》にも隠《かく》れファンがいる。

中《なか》川《がわ》 樹《いつき》

ふたごの兄《あに》。いつも笑顔《えがお》でみんなに優《やさ》しい、王子様《おうじさま》みたいなイケメン。女子《じょし》の人気《にんき》も高《たか》い。

人《じん》物《ぶつ》紹《しょう》介《かい》

結月《ゆづき》

凜《りん》の親友《しんゆう》。クラスの学級委員長《がっきゅういいんちょう》をつとめる、しっかり者《もの》。

先輩《せんぱい》

蒼《あおい》とつるむ中学三年生《ちゅうがくさんねんせい》。金髪《きんぱつ》で見《み》た目《め》はチャラいけれど、フレンドリー。

浅田《あさだ》

凜《りん》と同《おな》じクラスの女子《じょし》。蒼《あおい》と付《つ》き合《あ》うことになった凜《りん》にイヤミを言《い》う。

目次《もくじ》

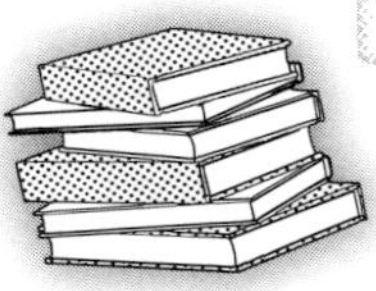

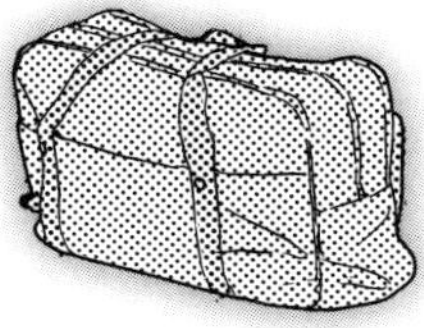

1　好《す》きな人《ひと》は学校《がっこう》一番《いちばん》の人気者《にんきもの》

光《ひかり》が丘中学校《おかちゅうがっこう》にはふたごの兄弟《きょうだい》がいる。

「じゃあ、俺《おれ》サッカーしてくるから！」

声《こえ》がしたほうを向《む》くと、ふたごの片割《かたわ》れが教室《きょうしつ》の入《い》り口近《ぐちちか》くの席《せき》にカバンを置《お》く姿《すがた》が見《み》えた。

私《わたし》だけじゃなくて、教室中《きょうしつじゅう》の視線《しせん》がそちらに向《む》く。

彼《かれ》らは二年一組《にねんいちくみ》の――ううん、光《ひかり》が丘中一番《おかちゅういちばん》の人気者《にんきもの》だ。うちの学校《がっこう》の生徒《せいと》でふたりのことを知《し》らない人《ひと》はいない。

「蒼《あおい》、授業《じゅぎょう》はサボっちゃダメだよ？」

「サボらねえよ、バーカ」

笑《わら》いながら言《い》うのは中川蒼《なかがわあおい》くん。

やんちゃそうな顔《かお》つきで、男子《だんし》に大人気《だいにんき》なの。

運動神経《うんどうしんけい》も抜群《ばつぐん》で、先生《せんせい》にも言《い》い返《かえ》しちゃうところがカッコいいって女子《じょし》の中《なか》でも隠《かく》れファンがいるらしいんだ。

九月《くがつ》も終《お》わり、衣替《ころもが》えでみんなが学生服姿《がくせいふくすがた》の中《なか》、蒼《あお》くんは今日《きょう》も半《はん》そでのワイシャツを着《き》ていた。

「しょうがないなぁ」

ふっとやわらかい口調《くちょう》で笑《わら》うのは中川樹《なかがわいつき》くん。

誰《だれ》にでも分《わ》けへだてなく優《やさ》しくて、頭《あたま》もいい優等生《ゆうとうせい》。

蒼《あおい》くんとは違《ちが》って、学生服《がくせいふく》のボタンを首《くび》まで留《と》めてにこやかな笑《え》みを浮《う》かべている。

左目《ひだりめ》の下《した》にある泣《な》きぼくろがかわいいって私《わたし》は思《おも》うんだけど、他《ほか》の女子《じょし》に言《い》わせるとあれはセクシーなんだって。

女子《じょし》の中《なか》で樹《いつき》くんをきらいな子《こ》なんていないんじゃないかって言《い》われているぐらいなんだ。

もちろん私《わたし》、加納凜《かのうりん》もその中《なか》のひとり。

ふで箱《ばこ》の中《なか》に入《い》れておいた小《ちい》さな鏡《かがみ》で、変《へん》なところはないかチェックする。

目《め》はぱっちりしてるほうだと思《おも》うけど、パパに似《に》ちゃった鼻《はな》は少《すこ》し低《ひく》め。

でも、ママに似《に》た少《すこ》しカールした髪《かみ》の毛《け》はお気《き》に入《い》りなんだ。

席《せき》に着《つ》いていたはずの女子《じょし》たちが、早《はや》い者勝《ものが》ち！　というように樹《いつき》くんに近寄《ちかよ》るのが見《み》えた。

「樹《いつき》くん、おはよ」

「おはよう」

口々《くちぐち》に声《こえ》をかける女子《じょし》たちに、樹《いつき》くんは優《やさ》しくほほえみながらあいさつしてくれる。

たったそれだけで、みんな幸《しあわ》せそうな表情《ひょうじょう》になっちゃうの。

そうこうしているうちに、だんだんと樹《いつき》くんが私《わたし》のほうに近《ちか》づいてきた。

「……あ」

樹《いつき》くんの席《せき》は窓際《まどぎわ》の後《うし》ろから二番目《にばんめ》。同《おな》じく窓際《まどぎわ》の前《まえ》から二番目《にばんめ》に座《すわ》る私《わたし》の席《せき》の横《よこ》を通《とお》って、樹《いつき》くんは自分《じぶん》の席《せき》へと向《む》かう。

「……っ」

おはようって言《い》いたいのに、緊張《きんちょう》と恥《は》ずかしさからうまく声《こえ》が出《で》ない。

だって、クラスの女子《じょし》たちみんな、樹《いつき》くんのことを目《め》で追《お》いかけてるから……。

それに一組《いちくみ》で一番《いちばん》かわいいって言《い》われている浅田《あさだ》さんも樹《いつき》くんに夢中《むちゅう》なのに、顔《かお》も普通《ふつう》、成績《せいせき》だってそこそこの私《わたし》が声《こえ》をかけるなんて絶対《ぜったい》に無理《むり》！

本当《ほんとう》はあいさつをしたかったけど、私《わたし》は樹《いつき》くんに気《き》づいていないふりをして、ひとつ前《まえ》の席《せき》に座《すわ》る親友《しんゆう》・椎名《しいな》結月《ゆづき》の背中《せなか》をたたいた。

眼鏡《めがね》とポニーテールがトレードマークの結月《ゆづき》はしっかり者《もの》で、二年一組《にねんいちくみ》の学級委員長《がっきゅういいんちょう》を務《つと》めている。

結月《ゆづき》みたいにハッキリと自分《じぶん》の気持《きも》ちが言《い》えたら、樹《いつき》くんにあいさつぐらいできるのかもしれない。

ため息《いき》をつきそうになるのを必死《ひっし》に我慢《がまん》して、私《わたし》は結月《ゆづき》に話《はな》しかけた。

「ねえ、結月《ゆづき》。今日《きょう》の一時間目《いちじかんめ》ってさ」

「ん？」

私《わたし》の声《こえ》に、結月《ゆづき》が読《よ》んでいた小説《しょうせつ》を閉《と》じて振《ふ》り返《かえ》るのと、私《わたし》たちの上《うえ》に影《かげ》が落《お》ちるのは同時《どうじ》だった。

「え？」

思《おも》わず顔《かお》を上《あ》げると、そこにはニッコリと笑《わら》った樹《いつき》くんがいた。

「おはよ、加納《かのう》さん」

「え、あ、えっと、おは、よ」

「椎名《しいな》さんもおはよう」

「おはよ」

ドキドキしている私《わたし》とは違《ちが》って、結月《ゆづき》は特《とく》に興味《きょうみ》がないのかどうでもよさそうに返事《へんじ》をする。

樹《いつき》くんはそんな私《わたし》たちにもう一度《いちど》笑顔《えがお》を向《む》けると、自分《じぶん》の席《せき》に行《い》った。

私《わたし》は勢《いきお》いよく、目《め》の前《まえ》にいる結月《ゆづき》の肩《かた》をつかんだ。

「い、今《いま》、樹《いつき》くんからおはよって！」

「言《い》ってくれたね。よかったじゃん」

「なんで結月《ゆづき》はそんなに冷静《れいせい》なの？」

「だっていくら顔《かお》がよくて優《やさ》しくったって、同級生《どうきゅうせい》なんて子《こ》どもだし」

結月《ゆづき》いわく、男《おとこ》の人《ひと》は三十《さんじゅう》を超《こ》えてから、らしい。

三十歳《さんじっさい》ってパパの弟《おとうと》と同《おな》じ年《とし》だよ？　そんな人《ひと》に対《たい》してときめくとか、私《わたし》にはよくわからない。

私《わたし》はちらりと樹《いつき》くんのほうを見《み》た。

彼《かれ》はカバンの中《なか》から教科書《きょうかしょ》を出《だ》して、机《つくえ》の中《なか》に入《い》れている。

「あっ」

私《わたし》が見《み》ているのに気《き》づいたのか、樹《いつき》くんは教科書《きょうかしょ》を入《い》れていた手《て》を止《と》めると、まるで仲《なか》のいい人《ひと》にするみたいにひらひらと手《て》を振《ふ》ってくれた。

突然《とつぜん》のことに顔《かお》が熱《あつ》くなって、私《わたし》はあわてて目《め》をそらす。

ど、どうしよう……！

「なにやってんの」

「だっ、だって！　今《いま》！　手《て》！」

「はいはい。ほら、そろそろホームルームが始《はじ》まるよ」

あきれたように肩《かた》をすくめると、結月《ゆづき》は前《まえ》を向《む》いてしまう。

私《わたし》はさっきの樹《いつき》くんの仕草《しぐさ》が忘《わす》れられずドキドキしたままだ。

というか、待《ま》って。

私《わたし》ってば、樹《いつき》くんが手《て》を振《ふ》ってくれたのに無視《むし》したみたいにならなかった？

感《かん》じ悪《わる》かったよね、どうしよう……！

「つ～～」

私《わたし》は勇気《ゆうき》を振《ふ》りしぼると、もう一度《いちど》樹《いつき》くんを振《ふ》り返《かえ》った。

樹《いつき》くんはすぐに私《わたし》の視線《しせん》に気《き》づいて首《くび》をかしげる。

そんな樹《いつき》くんに、さっきしてもらったみたいにひらひらと手《て》を振《ふ》った。

私《わたし》の行動《こうどう》に、樹《いつき》くんは一瞬《いっしゅん》おどろいたような表情《ひょうじょう》をしたけれど、すぐに笑《え》みを浮《う》かべるともう一度《いちど》ひらひらと手《て》を振《ふ》ってくれた。

その笑顔《えがお》があまりにもかっこよくて、つい見《み》とれてしまう。

けれど、教室《きょうしつ》のドアが開《ひら》く音《おと》がして私《わたし》は急《いそ》いで前《まえ》を向《む》いた。

入《はい》ってきたのは担任《たんにん》の坂井先生《さかいせんせい》だ。

そのあとを追《お》いかけるようにして、蒼《あおい》くんが何人《なんにん》かの男子《だんし》たちと一緒《いっしょ》に駆《か》け込《こ》んでくる。

蒼《あおい》くんたちを注意《ちゅうい》すると、坂井先生《さかいせんせい》は教卓《きょうたく》の向《む》こうに立《た》ち、ホームルームを始《はじ》めた。

みんなが先生《せんせい》の話《はなし》に集中《しゅうちゅう》する中《なか》、私《わたし》はさっきの樹《いつき》くんを思《おも》い出《だ》して、にやける顔《かお》をなんとか隠《かく》すので精一杯《せいいっぱい》だった。

2　彼《かれ》のいったいどこが好《す》き?

「そもそも、どこがそんなにいいの?」

お昼休《ひるやす》み、お弁当《べんとう》を食《た》べながら結月《ゆづき》は言《い》う。

ちなみに、光《ひかり》が丘中《おかちゅう》は給食《きゅうしょく》じゃなくてお弁当《べんとう》なんだ。

購買《こうばい》でパンを買《か》ったり食堂《しょくどう》で食《た》べたりする人《ひと》もいるみたいだけど、私《わたし》はいつもママが作《つく》ってくれたお弁当《べんとう》を食《た》べていた。

結月《ゆづき》は日《ひ》によってお弁当《べんとう》だったりパンだったりするみたい。

今日《きょう》は「新発売《しんはつばい》のアボカドパンがどうしても食《た》べたかった!」らしく、コンビニで買《か》って持《も》ってきていた。

はみ出《で》るぐらい大《おお》きなアボカドがサンドされたパンにかじりつきながら、結月《ゆづき》は首《くび》をかしげる。

私《わたし》は結月《ゆづき》の質問《しつもん》に答《こた》えるため、口《くち》に入《い》れようとしていたミートボールを空中《くうちゅう》で止《と》めた。

「どこがって」

「一年《いちねん》の時《とき》は、樹《いつき》くんのこと別《べつ》に好《す》きじゃなかったよね？」

「そりゃあ、あの頃《ころ》はね」

そもそも入学当初《にゅうがくとうしょ》はカッコいいなと思《おも》うだけで、別《べつ》に好《す》きでもなんでもなかったもん。

ただみんながさわいでる学校《がっこう》のアイドル……そんな印象《いんしょう》だったんだ。

でも――

「私《わたし》ね、二年《にねん》に上《あ》がってすぐの頃《ころ》、先生《せんせい》に頼《たの》まれてみんなのプリントを集《あつ》めて職員室《しょくいんしつ》に持《も》っていこうとしてたの」

その日《ひ》のことは、今《いま》でもよく覚《おぼ》えてる。

私《わたし》が樹《いつき》くんを好《す》きになった、あの出来事《できごと》を。

◇　◇　◇

クラス替《が》えがあって最初《さいしょ》のロングホームルームのあと、日直《にっちょく》だった私《わたし》は坂井先生《さかいせんせい》から声《こえ》をかけられた。

「加納《かのう》、たしか日直《にっちょく》だったな？　悪《わる》いが、プリントを回収《かいしゅう》して職員室《しょくいんしつ》まで持《も》ってきてくれ」

「え……」

日直《にっちょく》はもうひとりいたはずだけど、とか、先生《せんせい》が今集《いまあつ》めるのではダメなの？　とか、いろいろ頭《あたま》をよぎったけれど、嫌《いや》だなんて言《い》えなくて「はい」とうなずいた。

なんとかプリントを回収《かいしゅう》して、全員分《ぜんいんぶん》あることを確認《かくにん》する。時計《とけい》を見《み》ると、あと五分《ごふん》で休《やす》み時間《じかん》が終《お》わるところだった。

「急《いそ》がなきゃ！」

あわてて持《も》っていこうと、集《あつ》めたばかりのプリントを持《も》つ。

教室《きょうしつ》を飛《と》び出《だ》し、職員室《しょくいんしつ》のある棟《とう》へとつながる渡《わた》り廊下《ろうか》を歩《ある》いていた私《わたし》は、前《まえ》から来《き》た男子《だんし》にぶつかられて思《おも》いっきり転《ころ》んでしまった。

「あっ」

その拍子《ひょうし》にプリントが散《ち》らばり、そのうちの何枚《なんまい》かは手《て》すりの向《む》こうへ飛《と》んでいった。

しかも、ぶつかった男《おとこ》の子《こ》は逃《に》げるようにしてどこかに行《い》ってしまう。

「最悪《さいあく》……」

私《わたし》は泣《な》きそうになりながらも、とにかくプリントを集《あつ》めなきゃ、と渡《わた》り廊下《ろうか》に散《ち》らばった紙《かみ》を一生懸命《いっしょうけんめい》拾《ひろ》った。

それから、手《て》すりの向《む》こうへ落《お》ちてしまったプリントを探《さが》すため、急《いそ》いで外《そと》に出《で》る。

下《した》はちょうど中庭《なかにわ》になっていて、プリントは芝生《しばふ》の上《うえ》に落《お》ちていた。

もし池《いけ》なんかがあったら悲惨《ひさん》なことになっていただろう。

そんなことを思《おも》いながら、念《ねん》のためプリントの枚数《まいすう》を数《かぞ》えてみると……

「うそ、どうして……」

二年一組《にねんいちくみ》は全員《ぜんいん》で三十二人《さんじゅうににん》。

なのに、プリントは何回数《なんかいかぞ》えても三十一枚《さんじゅういちまい》しかなかった。

「どこにいっちゃったの？」

どんなに探《さが》してもプリントは見《み》つからないし、もうすぐ休《やす》み時間《じかん》も終《お》わってしまう。

先生《せんせい》も、なんで持《も》ってこないんだってきっと思《おも》っているはずだ。

「もうやだ……。どうしたらいいの……」

プリントを抱《だ》きしめたまましゃがみ込《こ》んでいると、誰《だれ》かが私《わたし》の後《うし》ろから声《こえ》をかけた。

「どうしたの？」

「え……？」

そこにいたのは樹《いつき》くんだった。

去年《きょねん》はクラスが違《ちが》ったけど、樹《いつき》くんのことは知《し》っていた。だって、光《ひかり》が丘中《おかちゅう》で知《し》らない人《ひと》はいないんじゃないかってぐらい人気者《にんきもの》なんだもん。

そんな樹《いつき》くんが突然現《とつぜんあらわ》れたことに私《わたし》はビックリして、プリントを落《お》としそうになる。

「危《あぶ》ない！」

私《わたし》の手《て》からプリントを取《と》ると、樹《いつき》くんは首《くび》をかしげる。

「これって、さっきのロングホームルームで書《か》いたやつだよね？」

「……うん。坂井先生《さかいせんせい》に集《あつ》めて持《も》ってくるようにって言《い》われたんだけど、さっき渡《わた》り廊下《ろうか》で人《ひと》にぶつかった拍子《ひょうし》に落《お》としちゃって……」

「それでひとりで拾《ひろ》ってたの？　そっか、気《き》づいてあげられなくてごめんね」

樹《いつき》くんが謝《あやま》る必要《ひつよう》なんてこれっぽっちもないのに、申《もう》し訳《わけ》なさそうに言《い》ってくれる姿《すがた》に泣《な》いてしまいそうになる。

「じゃあ、あとはこれを先生《せんせい》に渡《わた》すだけかな？　僕《ぼく》が職員室《しょくいんしつ》に持《も》っていくからさ、加納《かのう》さんは教室《きょうしつ》に戻《もど》っていいよ」

「え、あ、あの」

あと一枚《いちまい》足《た》りないんです——そう言《い》おうと思《おも》ったけれど、そうしたらきっと樹《いつき》くんは探《さが》すのに付《つ》き合《あ》ってくれるはずだ。

そんなことをすれば、きっと授業《じゅぎょう》に遅刻《ちこく》してしまうだろう。

「じゃあ、お願《ねが》いしてもいいかな」

気《き》づかれないように私《わたし》は笑顔《えがお》でそう言《い》う。

樹《いつき》くんは「わかった」と優《やさ》しい笑《え》みを浮《う》かべると、職員室《しょくいんしつ》のほうへ歩《ある》いていった。

今《いま》から職員室《しょくいんしつ》に行《い》ってすぐに教室《きょうしつ》に向《む》かえば、きっと授業《じゅぎょう》には間《ま》に合《あ》うはずだ。

「よし、頑張《がんば》って探《さが》すぞ！」

あとは木《き》の上《うえ》に引《ひ》っかかってるとか、さらにどこかに飛《と》ばされてしまったとか、それぐらいしか考《かんが》えられない。

「木《き》の上《うえ》だったらどうしよう」

口《くち》に出《だ》した嫌《いや》な予感《よかん》って、どうしてこんなにも当《あ》たるんだろう。

中庭《なかにわ》に立《た》つ桜《さくら》の木《き》。その木《き》を下《した》から見上《みあ》げると、とてもじゃないけど私《わたし》の身長《しんちょう》では届《とど》かない場所《ばしょ》にプリントが引《ひ》っかかっているのが見《み》えた。

小《ちい》さな頃《ころ》ならまだしも、今《いま》、しかも制服姿《せいふくすがた》で木《き》に登《のぼ》ることなんてできない。

でも、なくしてしまったのは私《わたし》だし、なんとかしなきゃ。

「登《のぼ》れるかなぁ……」

「ダメでしょ、登《のぼ》っちゃあ」

「え？」

すぐそばから聞《き》こえた声《こえ》にあわてて振《ふ》り返《かえ》ると、そこにはプリントを持《も》った樹《いつき》くんの姿《すがた》があった。

「どうして……」

「持《も》っていく途中《とちゅう》で念《ねん》のため数《かぞ》えたら、一枚足《いちまいた》りなかったから。それと、さっきの加納《かのう》さんの態度《たいど》が気《き》になって。ね、一枚足《いちまいた》りないって知《し》ってたの？」

「……うん」

小《ちい》さくうなずく私《わたし》に樹《いつき》くんはため息《いき》をついた。

「どうしてひとりで探《さが》そうとしたの？」

「それは……」

「言《い》ってくれたらよかったのに」

「ごめんなさい」

「あ、いや、責《せ》めてるわけじゃないんだ。ただ……」

樹《いつき》くんは優《やさ》しくほほ笑《え》むと、私《わたし》の顔《かお》をのぞき込《こ》んだ。

「知《し》ってたらさ、一緒《いっしょ》に探《さが》せたでしょ？」

「でも、そうしたら樹《いつき》くんまで授業《じゅぎょう》に遅刻《ちこく》しちゃうから」

私《わたし》が遅刻《ちこく》するのは自分《じぶん》の責任《せきにん》なんだから仕方《しかた》がない。

でも、私《わたし》のせいで樹《いつき》くんにまで迷惑《めいわく》をかけるのは嫌《いや》だった。

その瞬間《しゅんかん》、チャイムの音《おと》が鳴《な》りひびいた。

ああ、結局《けっきょく》、樹《いつき》くんまで遅刻《ちこく》させてしまった。

「ごめんなさい……」

「加納《かのう》さん、もしかして僕《ぼく》が授業《じゅぎょう》に遅《おく》れないようにって、そう思《おも》って言《い》わずにいたの？」

もう一度《いちど》小《ちい》さくうなずくと、樹《いつき》くんは笑《え》みを浮《う》かべた。

「ありがとう。優《やさ》しいね」

「そんなことないよ。結局《けっきょく》、こうやって樹《いつき》くんまで遅刻《ちこく》させちゃったんだから……。ごめんね」

「気《き》にしないで。それに、ここに戻《もど》ってきたのは僕《ぼく》の意思《いし》だからね。で、あれか。最後《さいご》の一枚《いちまい》」

樹《いつき》くんは私《わたし》の隣《となり》に立《た》つと、木《き》の枝《えだ》に引《ひ》っかかったプリントを見《み》つめた。

やっぱり登《のぼ》って取《と》るしか方法《ほうほう》はないように思《おも》う。

「私《わたし》、登《のぼ》ってみる」

「え、なんで？」

「だって、樹《いつき》くんを登《のぼ》らせるわけにいかないし」

私《わたし》の言葉《ことば》に樹《いつき》くんは一瞬《いっしゅん》キョトンとした表情《ひょうじょう》をすると、すぐに笑《わら》い出《だ》した。

「それは僕《ぼく》のセリフだよ。スカート姿《すがた》の加納《かのう》さんが木《き》に登《のぼ》るほうがダメでしょ？」

「たし、かに……」

「あと僕《ぼく》のほうが背《せ》、高《たか》いしね。だから、ここは僕《ぼく》に任《まか》せてよ」

そう言《い》いながら樹《いつき》くんはあたりを見回《みまわ》した。

「とはいえ、僕《ぼく》も木登《きのぼ》りなんてずいぶんやってないから。……うん、このあたりなら大《だい》丈夫《じょうぶ》かな」

近《ちか》くに落《お》ちていた石《いし》を拾《ひろ》うと、樹《いつき》くんは私《わたし》にプリントを手《て》わたし「下《さ》がってて」と言《い》って木《き》の下《した》に立《た》った。

なにをするんだろうかと思《おも》いながらも、言《い》われた通《とお》りに後《うし》ろに下《さ》がる。

私《わたし》が下《さ》がったことを確認《かくにん》すると、樹《いつき》くんは手《て》に持《も》った石《いし》を木《き》の上《うえ》のプリントに向《む》かって投《な》げた。

「やった」

その言葉《ことば》と同時《どうじ》に、木《き》の上《うえ》からひらひらとプリントが舞《ま》い落《お》ちてきた。

「わ、すごい！」

落《お》ちてきたプリントを拾《ひろ》うと、樹《いつき》くんはそれを持《も》って私《わたし》のほうに歩《ある》いてきた。

「これで全部《ぜんぶ》そろったね」

「うん。ありがとう。それから、ごめんなさい、結局迷惑《けっきょくめいわく》をかけちゃって」

「なんで謝《あやま》るの。これは僕《ぼく》がしたくてしたことなんだから気《き》にしないで」

そう言《い》ってほほ笑《え》むと、樹《いつき》くんは「じゃあ

行《い》こうか」とプリントを私《わたし》の手《て》から取《と》り上《あ》げて歩《ある》き出《だ》す。

あわてて私《わたし》はその隣《となり》を歩《ある》いた。

◇　◇　◇

結局《けっきょく》、あのあと私《わたし》たちは授業《じゅぎょう》に遅刻《ちこく》し、先生《せんせい》に怒《おこ》られてしまった。

けれど隣《となり》に樹《いつき》くんがいるというだけで、怒《おこ》られているときもなぜかふわふわとした気分《きぶん》になった。坂井《さかい》先生《せんせい》も遅刻《ちこく》した理由《りゆう》を授業《じゅぎょう》の先生《せんせい》に説明《せつめい》してくれたので、これ以上《いじょう》大事《おおごと》にはならずにすんだ。

きっとあの日《ひ》から、私《わたし》はずっと樹《いつき》くんに恋《こい》をしている。

「そんなことがあったんだ」

アボカドパンを食《た》べ終《お》えた結月《ゆづき》は、ビニール袋《ぶくろ》をクシャッと丸《まる》めながらうなずく。

「凜《りん》が樹《いつき》くんのことを好《す》きになったのはわかった。それで？」

「それでってて？」

「だからさ、好《す》きになって、それでどうするの？」

「どうもしないよ？」

結月《ゆづき》がなにが言《い》いたいのか、いまいちわからないまま返事《へんじ》をする。

でも、そんな私《わたし》の答《こた》えに結月《ゆづき》はふかーいため息《いき》をついた。

「どうもしなかったら、どうにもならないんだよ？」

当《あ》たり前《まえ》のことを結月《ゆづき》は言《い》う。

「それぐらい私《わたし》だってわかってるよ」

「ううん、絶対《ぜったい》にわかってない」

私《わたし》のことなのに、結月《ゆづき》は断定《だんてい》するように言《い》う。

「わかってる？　凜《りん》とどうにもならないってことは、他《ほか》の人《ひと》とはどうにかなる可能性《かのうせい》があるってことだよ」

「え……？」

結月《ゆづき》の言葉《ことば》に、胸《むね》の奥《おく》がざわっとした。私以外《わたしいがい》の人《ひと》とはどうにかなるって、それは、つまり……

「凜《りん》は樹《いつき》くんに彼女《かのじょ》ができてもいいの？」

「彼女《かのじょ》って、そんな」

「あんなにモテるのに、今彼女《いまかのじょ》がいないのが不思議《ふしぎ》なぐらいなんだよ？　まあ、凛《りん》がいいならそれで構《かま》わないけどさ」

結月《ゆづき》はどこか不満《ふまん》そうに口《くち》をとがらせた。

「でも、いつまでも今《いま》のままだとはかぎらないんだよ」

「それは、わかってるけど」

「わかってない。好《す》きな人《ひと》に彼女《かのじょ》ができたときどんなにつらいか、凛《りん》は絶対《ぜったい》にわかってないよ」

「な、そんなことないよ！　だいたい、そこまで言《い》うってことは、結月《ゆづき》はわかるの？　好《す》きな人《ひと》に彼女《かのじょ》ができたときの気持《きも》ち」

「わかるよ」

「え……」

淡々《たんたん》と言《い》い放《はな》つ結月《ゆづき》の姿《すがた》が、どうしてか普段《ふだん》よりも大人《おとな》っぽく見《み》える。

「苦《くる》しくてつらくて悲《かな》しくて、なんで彼《かれ》の隣《となり》にいるのが私《わたし》じゃないんだろうって涙《なみだ》があふれてきて……彼《かれ》の好《す》きなあの子《こ》になって笑《わら》いかけてもらいたい、あの子《こ》になって彼《かれ》に名前《なまえ》を呼《よ》ばれたいって、そんなふうに思《おも》う気持《きも》ち、凛《りん》にはわからないでしょ」

結月《ゆづき》の声《こえ》が、表情《ひょうじょう》が、あまりにもつらそうで、私《わたし》は黙《だま》ったままなにも言《い》えなくなってしまう。

もしかしたら結月《ゆづき》は、そんな恋《こい》をしたことがあるんだろうか。

つらくて苦《くる》しい恋《こい》を。

じゃあ、私《わたし》はどうなんだろう。結月《ゆづき》ほどの思《おも》いを、樹《いつき》くんに対《たい》して持《も》っているんだろうか。

答《こた》えはわからない。

いつかこの気持《きも》ちを伝《つた》えたいと思《おも》うけれど、それはしばらく先《さき》のことになりそうだ。

でも、いいんだ。片思《かたおも》いをしている今《いま》も、十分幸《じゅうぶんしあわ》せだから。

そんなふうに思《おも》っていたけれど——

「いつかきっと、凜《りん》もわかるときがくるよ。好《す》きな人《ひと》の隣《となり》にいるのは自分《じぶん》がいいって、他《ほか》の子《こ》じゃ嫌《いや》だって、そんな気持《きも》ちが」

そう言《い》って笑《わら》う結月《ゆづき》の顔《かお》は、とてもつらそうで。

最後《さいご》の言葉《ことば》が、妙《みょう》に胸《むね》の中《なか》に重《おも》く響《ひび》いた。

3　はじめての告白《こくはく》

その日《ひ》の放課後《ほうかご》、忘《わす》れ物《もの》に気《き》づいて教室《きょうしつ》まで取《と》りに来《き》た私《わたし》は、自分《じぶん》の席《せき》に座《すわ》り窓《まど》の外《そと》を見《み》ている樹《いつき》くんの姿《すがた》を見《み》つけた。

教室《きょうしつ》には樹《いつき》くんしかいないようで、彼《かれ》は沈《しず》みはじめた夕日《ゆうひ》をながめている。

ドキドキと心臓《しんぞう》の音《おと》がうるさい。

まるで全身《ぜんしん》が心臓《しんぞう》になってしまったみたい。

ただ座《すわ》って外《そと》を見《み》ているだけの、なんてことはない普通《ふつう》の光景《こうけい》なのに、どうしてか目《め》をはなせない。

片思《かたおも》いで十分《じゅうぶん》、というのはうそじゃない。樹《いつき》くんを好《す》きなだけで幸《しあわ》せだし、たまに話《はなし》ができたらそれだけでうれしくなる。

でも、本当《ほんとう》は逃《に》げている自分《じぶん》がいることにも気《き》づいていた。好《す》きだって告白《こくはく》したら、たまに会話《かいわ》をするクラスメイトとしてさえもいられなくなってしまう。

それならいっそ、告白《こくはく》なんてしないほうがいいってずっと思《おも》っていた。

でも……

『いつかきっと、凜《りん》もわかるときがくるよ。好《す》きな人《ひと》の隣《となり》にいるのは自分《じぶん》がいいって、他《ほか》の子《こ》じゃ嫌《いや》だって、そんな気持《きも》ちが』

ふいに、結月《ゆづき》に言《い》われた言葉《ことば》を思《おも》い出《だ》した。

もしも、ああやって座《すわ》っている樹《いつき》くんの隣《となり》に知《し》らない女子《じょし》がいたとしたら。その子《こ》に笑《わら》いかけている樹《いつき》くんを想像《そうぞう》して、胸《むね》がキュッと苦《くる》しくなった。

そこにいるのは私《わたし》がいい。他《ほか》の子《こ》じゃ、嫌《いや》だ。

両手《りょうて》をギュッとにぎりしめると、私《わたし》は顔《かお》を上《あ》げた。

告白《こくはく》するなら、今《いま》しかない。

「あれ？」

ふいに、樹《いつき》くんは教室《きょうしつ》の入《い》り口《ぐち》に立《た》つ私《わたし》のほうへと顔《かお》を向《む》けた。

夕日《ゆうひ》が逆光《ぎゃっこう》となって、樹《いつき》くんの表情《ひょうじょう》はよく見《み》えない。

「加納《かのう》さん、どうしたの？」

「あ、え、えっと、忘《わす》れ物《もの》をしちゃって」

あはは、と笑《わら》いながら自分《じぶん》の席《せき》へと向《む》かうと、机《つくえ》の中《なか》に入《い》れたままになっていた社会《しゃかい》のワークを取《と》り出《だ》した。

「宿題《しゅくだい》で出《で》てるのに置《お》いて帰《かえ》っちゃって。ドジだよね」

緊張《きんちょう》すると、どうして人《ひと》は早口《はやくち》になってしまうのか。

ごまかすようにカバンにワークを入《い》れながら、私《わたし》は樹《いつき》くんを見《み》た。

「そういえば、どうして教室《きょうしつ》にいたの？　誰《だれ》か待《ま》ってるとか？」

「え？　あー……」

私《わたし》の問《と》いかけに、樹《いつき》くんはなにかを考《かんが》えるように言葉《ことば》をにごした。

近《ちか》づいたことで、さっきよりも少《すこ》しだけ見《み》えるようになった樹《いつき》くんの口元《くちもと》は、どこか困《こま》っているようにも見《み》える。

なんか変《へん》なことを聞《き》いちゃった？

「あ、あの。答《こた》えたくなかったら別《べつ》に……」

「ああ、いや、そんなことないよ」

ふっと、樹《いつき》くんは柔《やわ》らかい笑《え》みを浮《う》かべた。

でも、その笑顔《えがお》にどこか違和感《いわかん》を覚《おぼ》える。無理《むり》に笑《わら》っているような……

やっぱり本当《ほんとう》はドジだなって思《おも》ってるのかな？　でも、そんなこと言《い》えば私《わたし》が傷《きず》つくからって、優《やさ》しい樹《いつき》くんは気《き》づかってくれたのかも。

「えっと、その」

樹《いつき》くんの顔《かお》を見《み》ていられなくて、思《おも》わず視線《しせん》を下《さ》げた。

暑《あつ》かったのか、めずらしく学《がく》ランの第一《だいいち》ボタンを外《はず》した樹《いつき》くんの首元《くびもと》には小《ちい》さなほくろが見《み》えた。

あんなところにも、ほくろなんてあったんだ。

夏服《なつふく》のときは見《み》えていたはずの首筋《くびすじ》なのに、全然《ぜんぜん》気《き》づかなかった。なぜかドキドキしてしまい、余計《よけい》にどこを見《み》ていいかわからなくなる。

あたふたしている私《わたし》の頭上《ずじょう》で、樹《いつき》くんの優《やさ》しい声《こえ》が聞《き》こえた。

「でも、気《き》づいてちゃんと戻《もど》ってきたんでしょ。じゃあえらいと思《おも》う」

「そ、そんなこと」

えらいだなんて言《い》われると思《おも》っていなかった私《わたし》は、思《おも》わず顔《かお》を上《あ》げた。

視線《しせん》の先《さき》には、まっすぐに私《わたし》を見《み》つめる樹《いつき》くんの姿《すがた》。

優《やさ》しい眼差《まなざ》しに、心臓《しんぞう》が苦《くる》しいぐらいに痛《いた》くなる。

ふたりきりの放課後《ほうかご》の教室《きょうしつ》。見《み》つめ合《あ》うふたり。こんなの――

「ん？　どうかした？」

樹《いつき》くんは私《わたし》の目《め》を見《み》つめたまま優《やさ》しくほほ笑《え》む。

その瞳《ひとみ》に吸《す》い込《こ》まれてしまいそう。

ふわふわと、どこか気持《きも》ちが浮《うわ》つくのがわかる。

ああ、ダメ。こんなのまるで、まるで……

「あの、ね」

言葉《ことば》が口《くち》をついて出《で》る。

凛《りん》、なにを言《い》おうとしてるの。やめたほうがいいよ。

心《こころ》の中《なか》でもうひとりの私《わたし》が止《と》めるのに、雰囲気《ふんいき》に当《あ》てられたまま勝手《かって》に口《くち》が動《うご》く。

「私《わたし》、その……あの、ね。私《わたし》……」

「……うん」

「私《わたし》……ずっとあなたのことが好《す》きでした！」

言《い》ってしまった……！

今《いま》のは本当《ほんとう》に私《わたし》が言《い》ったんだろうか。

こんな勇気《ゆうき》、どこにあったのかわからない。

でも、どうしても気持《きも》ちを伝《つた》えたくなってしまった。

樹《いつき》くんが私《わたし》を好《す》きじゃないのはわかってる。

それでもこのあふれそうな気持《きも》ちを、今《いま》伝《つた》えたかった。

「二年《にねん》に上《あ》がってすぐ、私《わたし》のことを助《たす》けてくれたの覚《おぼ》えてる……？」

樹《いつき》くんはなにも言《い》わない。でも、真剣《しんけん》な顔《かお》で私《わたし》の話《はなし》を聞《き》いてくれる。

「あのときからずっと、ずっと好《す》きでした！」

「……ありがとう」

樹《いつき》くんはいつものように優《やさ》しく言《い》う。

それが余計《よけい》に「ああ、やっぱりダメだったんだ」と思《おも》わせる。

でも、いいんだ。気持《きも》ちを伝《つた》えたかっただけだから。

あの日《ひ》どれだけ私《わたし》が樹《いつき》くんに助《たす》けられたか、それを伝《つた》えられたから――

「俺《おれ》も、ずっと好《す》きだった」

「え……？」

だから樹《いつき》くんに言《い》われた言葉《ことば》の意味《いみ》を理解《りかい》するまでに、たっぷり三十秒《さんじゅうびょう》は必要《ひつよう》だった。

今《いま》、なんて言《い》ったの？

好《す》きだった？　好《す》きってなにが？　どういうこと？

「うそ、だよね」

「うそでこんなこと言《い》うと思《おも》う？」

「お、思《おも》わないけど」

思《おも》わないけれど、こんな私《わたし》に都合《つごう》のいいことがあるなんて信《しん》じられない。

夢《ゆめ》なんだろうか。白昼夢《はくちゅうむ》？　それともまぼろし？

「じゃあ、信《しん》じてくれる？」

「う、うん」

「加納《かのう》さん」

「あっ」

気《き》づけば樹《いつき》くんの腕《うで》の中《なか》に抱《だ》きしめられていた。

恥《は》ずかしくて顔《かお》が一気《いっき》に赤《あか》くなるのを感《かん》じる。

「な、え、ええ……!?」

「心臓《しんぞう》、ドキドキしてるね」

「……っ」

当《あ》たり前《まえ》だよ、と言《い》おうとした瞬間《しゅんかん》、教室《きょうしつ》のドアが開《ひら》く音《おと》が聞《き》こえた。

「蒼《あおい》ー？　ごめん、待《ま》たせて。帰《かえ》ろう、か……」

今《いま》の、声《こえ》は──

顔《かお》から血《ち》の気《け》が引《ひ》くのがわかった。

うそだよね。信《しん》じたくない。そんなことありえない。

今《いま》の状況《じょうきょう》を否定《ひてい》しようとするけれど、それよりも早《はや》く現実《げんじつ》が襲《おそ》いかかる。

「加納《かのう》、さん？　え、なんで蒼《あおい》と……」

「い、つき、く……ん……？」

まるでさび付《つ》いたロボットのように、私《わたし》はぎこちなく首《くび》をそちらへ向《む》ける。

視線《しせん》の先《さき》にあったのは、学ランをきちんと着《き》て、それから——目《め》の下《した》にチャームポイントの泣《な》きぼくろがある樹《いつき》くんの姿《すがた》だった。

それじゃあ、目《め》の前《まえ》のこの人《ひと》は、まさか。

「うそ、でしょ……」

「加納《かのう》さん？　どうかした？」

すぐそばにいる樹《いつき》くん——ううん、蒼《あおい》くんの言葉《ことば》に、背筋《せすじ》を嫌《いや》な汗《あせ》が伝《つた》い落《お》ちる。

お兄《にい》さんと間違《まちが》えて告白《こくはく》しました、なんて、絶対《ぜったい》に言《い》えない。

「ち、違《ちが》うの。樹《いつき》くんが急《きゅう》に入《はい》ってくるからビックリしただけ」

「急《きゅう》って……」

なにか言《い》いたそうに樹《いつき》くんはつぶやく。

「担任《たんにん》から呼《よ》び出《だ》されて職員室《しょくいんしつ》に行《い》ってたんだ。その間《あいだ》、蒼《あおい》に教室《きょうしつ》で待《ま》ってもらってたんだけど……」

ゴホンとせき払《ばら》いをすると、樹《いつき》くんは私《わたし》たちにたずねた。

「ふたりは、いったいなにをしてたの？」

なにを、と言《い》われてしまうと困《こま》る。なんと説明《せつめい》すればいいんだろう。

だって、こんなの……

「俺《おれ》ら、付《つ》き合《あ》うことになったんだ」

「え？」

「……っ」

蒼《あおい》くんの言葉《ことば》に、背中《せなか》が冷《つめ》たい水《みず》をかけられたようにヒヤッとするのを感《かん》じた。

「さっき加納《かのう》さんが告白《こくはく》してくれてさ。な？」

同意《どうい》を求《もと》めるようにこちらを見《み》る蒼《あおい》くんに、うなずくことしかできない。

どうしてふたりを間違《まちが》えたりしたんだろう。

口調《くちょう》も表情《ひょうじょう》も、こんなにも違《ちが》っているのに。

でも、さっきまでの蒼《あおい》くんはまるで樹《いつき》くんみたいなしゃべり方《かた》をしていた。

どうして……

「そう、だったんだ」

一瞬《いっしゅん》、そっとつぶやいた樹《いつき》くんの顔《かお》が悲《かな》しそうに見《み》えた気《き》がした。

違《ちが》う、と否定《ひてい》したい。

私《わたし》が好《す》きなのは樹《いつき》くんで、間違《まちが》えて告白《こくはく》しちゃったの、と言《い》ってしまいたい。

ううん、言《い》うなら今《いま》しかない。今《いま》しか――

「そっか、おめでとう」

「……え？」

でも、樹《いつき》くんの一言《ひとこと》に、喉元《のどもと》まで出《で》かかった言葉《ことば》はあっけなく消《き》えた。

「というか、蒼《あおい》も蒼《あおい》だよ。加納《かのう》さんのこと好《す》きなら言《い》ってよ」

「兄弟《きょうだい》でこんな話《はなし》、普通《ふつう》しねえだろ」

「まあ、そうだね」

笑《わら》いながらそう言《い》うと、樹《いつき》くんは私《わたし》を見《み》た。

「加納《かのう》さんも、ありがと」

「え？」

「こいつ、不器用《ぶきよう》で誤解《ごかい》されやすいけど、いいやつだからさ。仲良《なかよ》くしてやってくれると
うれしいな」

「誤解《ごかい》ってなんだよ」

好《す》きな人《ひと》に、他《ほか》の人《ひと》をすすめられるほどつらいことなんてないと思《おも》う。

泣《な》きそうなほど苦《くる》しくて、胸《むね》が痛《いた》くて、心臓《しんぞう》がはち切《き》れそうになる。

それでも必死《ひっし》に笑《え》みを作《つく》って、樹《いつき》くんに向《む》けた。

「……大丈夫《だいじょうぶ》だよ」

「そっか。うん、そうだよね」

樹《いつき》くんは笑《わら》う。私《わたし》が大好《だいす》きな優《やさ》しい表情《ひょうじょう》で。

今《いま》ならまだ、間《ま》に合《あ》うんじゃないかって思《おも》ってしまう。

ここで勇気《ゆうき》を出《だ》さなくちゃ、樹《いつき》くんを好《す》きっていう私《わたし》の気持《きも》ちに対《たい》しても、それから蒼《あおい》くんに対《たい》しても失礼《しつれい》なことをしてしまう。

「わた――」

「だせえことしてんなよ」

強《つよ》い口調《くちょう》に、私《わたし》はつい黙《だま》ってしまう。

蒼《あおい》くんは樹《いつき》くんを見《み》ていたけれど、まるで私《わたし》の言《い》おうとしたことをとがめたように感《かん》じる。

小《ちい》さく肩《かた》を震《ふる》わせてうつむく私《わたし》のことなんて気《き》にもしていない様子《ようす》で、蒼《あおい》くんは話《はなし》を続《つづ》けた。

「兄貴《あにき》によろしくって言《い》われるとか、かっこ悪《わる》すぎだろ」

「それもそうだね。ごめん、つい口出《くちだ》しちゃって。それじゃあ、ふたりで帰《かえ》るよね？　僕《ぼく》は先《さき》に出《で》るから、ゆっくり帰《かえ》ってきたらいいよ」

「そうする」

「加納《かのう》さんも、また明日《あした》ね」

「あ……」

あわてて顔《かお》を上《あ》げたけれど、樹《いつき》くんはひらひらと手《て》を振《ふ》りながら教室《きょうしつ》を出《で》て行《い》ってしまう。

最悪《さいあく》だ……。

目《め》の前《まえ》が真《ま》っ暗《くら》になって座《すわ》り込《こ》みそうになり、私《わたし》は必死《ひっし》に近《ちか》くにあった椅子《いす》につかまった。

「……おい」

「え？」

「大丈夫《だいじょうぶ》か？」

ぶっきらぼうだけど、蒼《あおい》くんは私《わたし》を心配《しんぱい》してくれているようだった。

「う、うん」

「なら帰《かえ》るぞ」

「あ、えっと……はい」

素《そ》っ気《け》なく言《い》って、蒼《あおい》くんは教室《きょうしつ》を出《で》ようとする。

けれど、出《で》る寸前《すんぜん》に私《わたし》のほうを振《ふ》り返《かえ》った。

「なにやってんだよ、早《はや》く来《こ》いよ」

「は、はい」

あわてて追《お》いかけるように、私《わたし》は教室《きょうしつ》をあとにした。


なんでこんなことになってしまったんだろう。

会話《かいわ》なんてほとんどない帰《かえ》り道《みち》。

なにを話《はな》せばいいかわからないし、なにかを話《はな》しかけてくる気配《けはい》もない。

このまま無言《むごん》で歩《ある》いているのも気《き》まずくて、私《わたし》はどうにか話題《わだい》をひねりだす。

「あの、蒼《あおい》くん」

「なに？」

「えっと、学《がく》ラン、持《も》ってきてたんだね……？」

「は？」

私《わたし》の言葉《ことば》に、蒼《あおい》くんは不思議《ふしぎ》そうに首《くび》をかしげる。

むしろ朝《あさ》のままでいてくれたら間違《まちが》うこともなかったのに、とさえ思《おも》ってしまう。

「朝《あさ》は着《き》てなかったから」

「あー、樹《いつき》がうるさいからカバンに放《ほう》り込《こ》んでたんだ。さっきは生活指導《せいかつしどう》の竹下《たけした》に会《あ》ったから仕方《しかた》なく着《き》てただけ」

「そうなんだ」

竹下先生《たけしたせんせい》のせいで、なんて思《おも》いそうになったけど、そうじゃない。間違《まちが》えた私《わたし》のせいだ。

それから、ちゃんと訂正《ていせい》せずに流《なが》されちゃった私《わたし》が悪《わる》い。全部《ぜんぶ》、私《わたし》が……

「変《へん》？」

「え？」

「や、わざわざ言《い》うってことは、学《がく》ラン似合《にあ》わないってことなのかと思《おも》って」

その言《い》い方《かた》が少《すこ》しだけすねているように聞《き》こえて、つい笑《わら》ってしまいそうになるのをこらえる。

「そんなことないよ！　学《がく》ラン姿《すがた》も似合《にあ》ってるよ」

「そ？　ならよかった」

ニッと笑《わら》うと八重歯《やえば》が見《み》える。

怖《こわ》いと思《おも》っていた蒼《あおい》くんだけど、こんなふうに笑《わら》うんだ……

「なんだよ」

「あ、ううん、なんでもない」

それ以上話《いじょうはな》すことはなく、私《わたし》たちは無言《むごん》のまま帰《かえ》り道《みち》を歩《ある》き続《つづ》ける。

そういえば、蒼《あおい》くんの家《いえ》はどのあたりだろう。

小学校《しょうがっこう》が違《ちが》うから、学区《がっく》は別《べつ》のはずだけど。

そんなことを考《かんが》えていたら、いつの間《ま》にか家《いえ》の近《ちか》くまで来《き》ていた。

「あれ？　私《わたし》、家《いえ》の場所《ばしょ》って言《い》ったっけ？」

黙《だま》ったまま歩《ある》いていたはずなのに……と不思議《ふしぎ》に思《おも》った私《わたし》は、蒼《あおい》くんにたずねる。

「言《い》ってただろ。……じゃあな」

蒼《あおい》くんはそうつぶやくと、元来《もとき》た道《みち》を戻《もど》っていった。

もしかして、これは送《おく》ってくれたのだろうか。

突然《とつぜん》の優《やさ》しさに戸惑《とまど》いながらも、私《わたし》は家《いえ》に入《はい》る。

ママはまだ帰《かえ》ってきていないみたいだったから、そのまま自分《じぶん》の部屋《へや》へと向《む》かう。

電気《でんき》をつけてカバンを置《お》くと、制服《せいふく》のままベッドの上《うえ》に座《すわ》った。

「……ホント、どうしたらいいんだろう」

ベッドの横《よこ》に置《お》いてある、かわいい鳥《とり》のぬいぐるみをぎゅっと抱《だ》きしめながらつぶやく。

けれどその質問《しつもん》に答《こた》えてくれる人《ひと》は、誰《だれ》ひとりとしていなかった。

4　彼氏《かれし》ができちゃいました

まさかの出来事《できごと》で、蒼《あおい》くんと付《つ》き合《あ》うようになった翌日《よくじつ》、私《わたし》は朝《あさ》から災難《さいなん》に見舞《みま》われていた。

髪《かみ》の毛《け》をまとめているヘアゴムは切《き》れちゃうし、朝《あさ》ごはんで飲《の》もうと思《おも》ってコップにそそいだ豆乳《とうにゅう》は、たったの一口分《ひとくちぶん》しか残《のこ》ってなかった。

さらに靴《くつ》を履《は》こうとしたらスニーカーのひもが切《き》れて、ママに新《あたら》しいのを出《だ》してもらうはめになって……。

今日一日分《きょういちにちぶん》の不幸《ふこう》を朝《あさ》から味《あじ》わった気《き》がしてウンザリ。

でも、それ以上《いじょう》の災難《さいなん》が待《ま》っているなんて、ドアを開《あ》けるまではわかってなかったんだ。

「いってきます」

私《わたし》は重《おも》い気持《きも》ちのまま玄関《げんかん》のドアを開《あ》けた。

いつもより五分出《ごふんで》るのが遅《おそ》くなったけれど、遅刻《ちこく》するほどではないからゆっくり行《い》こうかな。通学路《つうがくろ》の途中《とちゅう》にある家《いえ》の柴犬《しばいぬ》をなでれば、このうんざりした気持《きも》ちも晴《は》れるかもしれない。

だけど、そんなささやかな希望《きぼう》は、門《もん》を一歩出《いっぽで》た瞬間《しゅんかん》に打《う》ち砕《くだ》かれた。

「遅《おそ》い」

「え？」

うつむき気味《ぎみ》に歩《ある》いていた私《わたし》は、声《こえ》をかけられるまでそこに人《ひと》がいることに気《き》づいていなかった。

「蒼《あおい》くん？」

「あんた、いつもこんなに遅《おせ》えの？」

「なんでここに……」

「いいからさっさと行《い》くぞ」

「あっ」

私《わたし》の腕《うで》をつかみ、蒼《あおい》くんは歩《ある》きはじめた。

なにがどうなっているのかわからない。

大通《おおどお》りに出《で》ると、同《おな》じ中学《ちゅうがく》の生徒《せいと》が増《ふ》えてくる。そして、私《わたし》たちの姿《すがた》を見《み》てこそこそと話《はな》す声《こえ》が聞《き》こえ始《はじ》めた。

「え、なんで蒼《あおい》くんが女《おんな》の子《こ》と？」

「やだ！　手《て》、つないでるんだけど！」

「あの子《こ》、誰《だれ》？　まさか付《つ》き合《あ》ってるの？」

付《つ》き合《あ》ってる——

まさか、昨日《きのう》のあれで付《つ》き合《あ》うようになっ

たから迎《むか》えに来《き》てくれたとか？

だって、蒼《あおい》くんの家《いえ》と私《わたし》の家《いえ》じゃ全然方角《ぜんぜんほうがく》が違《ちが》うのに。

「わざわざ迎《むか》えに来《き》てくれたの？」

「……別《べつ》に。付《つ》き合《あ》ってんだから、それぐらい当然《とうぜん》だろ」

私《わたし》のほうを見《み》ることなく蒼《あおい》くんは言《い》う。

付《つ》き合《あ》ってる。私《わたし》たち本当《ほんとう》に付《つ》き合《あ》ってるんだ。

でも、私《わたし》が好《す》きなのは――

一卵性双生児《いちらんせいそうせいじ》だから顔《かお》や声《こえ》はほとんど一緒《いっしょ》。

でも口調《くちょう》や態度《たいど》が全然違《ぜんぜんちが》う。なのに蒼《あおい》くんの姿《すがた》に樹《いつき》くんを重《かさ》ねてしまう。

こんなのやっぱりダメだよ。ちゃんと言《い》わなきゃ。

私《わたし》が好《す》きなのは樹《いつき》くんで、間違《まちが》えて蒼《あおい》くんに告白《こくはく》しちゃったんだって。

「あ――」

「あれ？　蒼《あおい》、なにやってんの？　女子《じょし》なんか連《つ》れてめずらしい」

「あ？」

蒼《あおい》くんを呼《よ》び止《と》めようとしたタイミングで、同《おな》じ学生服《がくせいふく》を着《き》た男子《だんし》が蒼《あおい》くんに声《こえ》をかけた。見《み》たことがあるから、多分違《たぶんちが》うクラスの同級生《どうきゅうせい》だと思《おも》う。

「なんだよ、邪魔《じゃま》すんなよ」

「邪魔《じゃま》ってなんだよ。まさか――」

からかうような口調《くちょう》で、でも信《しん》じられないとばかりに男子《だんし》は言《い》う。

でも、それは私《わたし》もまったく同《おな》じだった。

いったいなにを言《い》う気《き》……!?

「ちょっと、待《ま》っ……」

「俺《おれ》ら、付《つ》き合《あ》ってんだよ。わかったらあっち行《い》け」

その瞬間《しゅんかん》、私《わたし》たちの周《まわ》りにいた女子《じょし》たちの悲鳴《ひめい》が聞《き》こえた。

でも、そんな声《こえ》なんて気《き》にならなくなるほど、私《わたし》は蒼《あおい》くんの発言《はつげん》に動揺《どうよう》していた。


「じゃあ、帰《かえ》り一緒《いっしょ》に帰《かえ》るから」

「……うん、ありがとう」

二年一組《にねんいちくみ》の教室《きょうしつ》のドアを開《あ》け、私《わたし》と蒼《あおい》くんはそれぞれの座席《ざせき》に向《む》かう。

あちこちから突《つ》き刺《さ》さるような視線《しせん》が痛《いた》い。

でも、わかる。私《わたし》だって逆《ぎゃく》の立場《たちば》なら、なにが起《お》きてるのってきっと興味津々《きょうみしんしん》に見《み》てしまうから。

なるべくうつむいて誰《だれ》とも目《め》を合《あ》わさないまま席《せき》に着《つ》く。

「はぁ……」

「すっごいため息《いき》。どうしたの？」

前《まえ》の席《せき》に座《すわ》る結月《ゆづき》が振《ふ》り向《む》いてたずねる。

「どうしたのって……」

どう説明《せつめい》したものか頭《あたま》を悩《なや》ませていると、結月《ゆづき》はニヤッと笑《わら》った。

「まあ、ここから登校《とうこう》するところ見《み》てたから知《じ》ってるんだけど。クラスの女《おんな》の子《こ》たち、さっきまで窓《まど》に貼《は》り付《つ》いてたよ」

「うそぉ……」

どうりで教室《きょうしつ》に入《はい》った瞬間《しゅんかん》、みんなが私《わたし》を見《み》ていたはずだ。

というか、今《いま》もみんなこっちを見《み》てる。

「で、なんで弟《おとうと》のほう？」

「いろいろ事情《じじょう》があるんだけど……」

結月《ゆづき》にきちんと説明《せつめい》したかったけど、みんな聞《き》き耳《みみ》を立《た》てているのか、小《ちい》さな声《こえ》でしゃべっているのに教室《きょうしつ》の中《なか》がシンとなる。

このまま話《はな》し続《つづ》けたらみんなにも、それから蒼《あおい》くんにも聞《き》かれてしまう。

「……ここじゃ話《はな》せないから、お昼休《ひるやす》みに言《い》うね」

「それじゃあお弁当《べんとう》、今日《きょう》は外《そと》で食《た》べる?」

「うん……。そのときまでに私《わたし》も頭《あたま》の中整理《なかせいり》しておく……」

はぁ、ともう一度《いちど》ため息《いき》をつくと、タイミングよく坂井先生《さかいせんせい》が教室《きょうしつ》に入《はい》ってきた。

ようやく女子《じょし》たちの視線《しせん》が私《わたし》からそれる。

そのことにホッとしながらも、放課後《ほうかご》のことを思《おも》うだけで気《き》が重《おも》くなった。

教室《きょうしつ》の中《なか》は三《みっ》つのグループに分《わ》かれているようだった。

私《わたし》と蒼《あおい》くんが付《つ》き合《あ》っていることを信《しん》じたくないグループ、特《とく》に興味《きょうみ》がないグループ、それから私《わたし》に対《たい》していら立《だ》っているグループ、だ。

あからさまに教室内《きょうしつない》でかげ口《ぐち》を言《い》われてしまうのは、さすがにつらい。

「大丈夫《だいじょうぶ》?」

「あんまり……」

四時間目《よじかんめ》の体育《たいいく》の時間《じかん》なんて最悪《さいあく》だった。

ペアを組《く》むようにと言《い》われ、いつものように結月《ゆづき》に声《こえ》をかけようとすると、浅田《あさだ》さんたち『私《わたし》に対《たい》していら立《だ》っているグループ』が横《よこ》から口《くち》を出《だ》してきた。

「いつもふたりで組《く》んでるなんて、他《ほか》に友達《ともだち》いないの？　さびしー」と。

別《べつ》に組《く》みたくて組《く》んでるんだから放《ほう》っておいてくれたらいいのに、彼女《かのじょ》たちは私《わたし》の近《ちか》くに陣取《じんど》ると、クスクス笑《わら》いながらこちらに視線《しせん》を向《む》けて何度《なんど》も話《はな》している。

そのたびに、胃《い》のあたりがジクジクと痛《いた》んだ。

授業《じゅぎょう》が終《お》わり、昼休《ひるやす》みをむかえた今《いま》もまだその痛《いた》みが残《のこ》っている。

「お昼食《ひるた》べられる？」

「うん……」

私《わたし》はカバンからお弁当《べんとう》を取《と》り出《だ》すと、結月《ゆづき》と一緒《いっしょ》に教室《きょうしつ》を出《で》た。

蒼《あおい》くんの姿《すがた》は教室《きょうしつ》になかったから、購買《こうばい》か食堂《しょくどう》にでも行《い》ったのかもしれない。

お昼《ひる》を一緒《いっしょ》に食《た》べるぞ、なんて言《い》われたらどうしようと思《おも》ってたから、少《すこ》しだけホッとする。

蒼《あおい》くんが戻《もど》ってくるよりも早《はや》く教室《きょうしつ》を出《で》なければ。

クスクスと笑《わら》う浅田《あさだ》さんたちの声《こえ》を背中《せなか》に聞《き》きながら、私《わたし》は逃《に》げるように教室《きょうしつ》を出《で》た。


春《はる》、私《わたし》が落《お》としたプリントを樹《いつき》くんが拾《ひろ》ってくれた中庭《なかにわ》。そこに設置《せっち》されているベンチに私《わたし》たちは座《すわ》る。

少《すこ》し離《はな》れたところから、私《わたし》たちを見《み》ている人《ひと》がいたけれど、ベンチの間隔《かんかく》が広《ひろ》いので話《はなし》は聞《き》かれないと思《おも》う。

膝《ひざ》の上《うえ》に置《お》いたお弁当《べんとう》のふたを開《あ》ける。でも、どうしても食欲《しょくよく》が湧《わ》かない。

「ホント大丈夫《だいじょうぶ》？　というか、なにがあったの？」

「……間違《まちが》えちゃったの」

「は？　間違《まちが》えた？　なにを？」

「好《す》きな人《ひと》を、というか告白《こくはく》する相手《あいて》を……」

私《わたし》の言葉《ことば》に結月《ゆづき》は手《て》に持《も》ったパンを落《お》としそうになり、あわてて空中《くうちゅう》でキャッチした。

「え、うそでしょ」

「ホント……。昨日《きのう》の放課後《ほうかご》、教室《きょうしつ》に樹《いつき》くんがいて、ふたりっきりだったからつい告白《こくはく》しちゃったんだけど……。でもそれ、本当《ほんとう》は樹《いつき》くんのことを待《ま》ってた蒼《あおい》くんだったの」

「いやいやいや、ちょっと意味《いみ》がわかんないんだけど」

結月《ゆづき》は理解《りかい》できないとばかりに首《くび》をかしげる。

そうだよね、やっぱりそう思《おも》うよね。私《わたし》だって今《いま》も意味《いみ》がわかんないもん。

なんでこんなことになっちゃったんだろう。

「だって、『あのふたりは似《に》てるけど違《ちが》う』って前《まえ》に言《い》ってたじゃない」

「言《い》ったよお」

「なのになんで……」

「夕方《ゆうがた》の教室《きょうしつ》が薄暗《うすぐら》かったのと、蒼《あおい》くんが樹《いつき》くんの席《せき》に座《すわ》ってたから本人《ほんにん》だって思《おも》い込《こ》んじゃって……」

冷静《れいせい》に考《かんが》えてみれば、あれ？　と思《おも》うことはあった。

でも、あのときの私《わたし》は樹《いつき》くんとふたりきりだということにドキドキしすぎて、頭《あたま》が回《まわ》っていなかったんだと思《おも》う。

「タイミングが悪《わる》い……」

「どうすればいいと思《おも》う……？　このままだと樹《いつき》くんに、私《わたし》が蒼《あおい》くんのことを好《す》きだって誤解《ごかい》されちゃう……」

泣《な》きついた私《わたし》を見《み》て、結月《ゆづき》は困《こま》ったように頭《あたま》をかく。

「や、どうすればって……。それは間違《まちが》えましたって言《い》うしかないんじゃない？」

「言《い》おうと思《おも》ったら、みんなの前《まえ》で付《つ》き合《あ》ってるって言《い》われちゃったんだもん」

朝《あさ》の出来事《できごと》を思《おも》い出《だ》して、胃《い》だけじゃなくて頭《あたま》も痛《いた》くなる。

ため息《いき》をつく私《わたし》に、結月《ゆづき》は気《き》の毒《どく》そうな表情《ひょうじょう》を浮《う》かべた。

「まあたしかに、それは、言《い》えないね」

「でしょ……」

あの状況《じょうきょう》でどうやったら「間違《まちが》いでした」と言《い》えるのか。

そんな勇気《ゆうき》があるなら、昨日《きのう》の時点《じてん》で間違《まちが》いだったと本人《ほんにん》たちに伝《つた》えてる。

「でもさ、早《はや》く誤解《ごかい》を解《と》かないと、本当《ほんとう》に蒼《あおい》くんと付《つ》き合《あ》うことになっちゃうよ」

「本当《ほんとう》に、付《つ》き合《あ》う……？」

ピンときていない私《わたし》に、結月《ゆづき》はあきれたように言《い》う。

「だから、彼氏《かれし》が蒼《あおい》くんで、彼女《かのじょ》が凜《りん》。手《て》をつないだり、それ以上《いじょう》のことだって……」

「そんな……！」

恋人同士《こいびとどうし》になったあとのことなんて考《かんが》えてもいなかった。

これまで、同《おな》じクラスの女子《じょし》が誰《だれ》と付《つ》き合《あ》ってどこに行《い》ったとか、キスしたとか、そんな話《はなし》で盛《も》り上《あ》がっているのを聞《き》いたことはある。

私《わたし》だって、いつかは好《す》きな人《ひと》と、って思《おも》ってたけど、その相手《あいて》がまさか蒼《あおい》くんになるかもしれないなんて……

「そんなの、やだよ」

「じゃあ、まずは蒼《あおい》くんに正直《しょうじき》に言《い》って謝《あやま》るしかないんじゃない？　それから樹《いつき》くんの誤《ご》解《かい》を解《と》いて、ついでに告白《こくはく》し直《なお》す」

決《き》めポーズのようにビシッと指先《ゆびさき》を私《わたし》の鼻《はな》の頭《あたま》に向《む》けると、結月《ゆづき》は「ね？」と笑《わら》った。

うん、そうだ。結月《ゆづき》の言《い》う通《とお》りだ。

とにかく今《いま》は蒼《あおい》くんに誤解《ごかい》だっていうことを伝《つた》えなくちゃ。

「……でも、なんで蒼《あおい》くんは告白《こくはく》をオッケーしたんだろうね」

「え？」

「ううん、なんでもない」

結月《ゆづき》は首《くび》を横《よこ》に振《ふ》ると、持《も》ったままになっていたパンにかぶりついた。

結月《ゆづき》の言葉《ことば》の意味《いみ》はよくわからなかったけれど、少《すこ》しだけ気《き》が楽《らく》になったので、私《わたし》はお弁当箱《べんとうばこ》を開《あ》ける。

いつもと変《か》わらないお弁当《べんとう》の中身《なかみ》に、なぜかとってもホッとした。

5 いじわるだって思《おも》ってたのに

その日《ひ》の帰《かえ》りのホームルームが終《お》わり、坂井先生《さかいせんせい》が教室《きょうしつ》を出《で》て行《い》く。

そういえば蒼《あおい》くんは帰《かえ》りも一緒《いっしょ》にって言《い》っていたけれど、どうしたらいいんだろう？

忘《わす》れたふりしてこのまま黙《だま》って帰《かえ》っちゃったら、ダメかなぁ。

そんなことを考《かんが》えていると、入《い》り口近《ぐちちか》くの席《せき》に座《すわ》っていた蒼《あおい》くんが立《た》ち上《あ》がり、私《わたし》を呼《よ》んだ。

「おい、帰《かえ》るぞ」

名前《なまえ》を呼《よ》ばなくても、視線《しせん》はまっすぐ私《わたし》に向《む》けられている。

一緒《いっしょ》に帰《かえ》るぞ、とは言《い》われたものの、こんなに目立《めだ》つように呼《よ》ばれるなんて……！

蒼《あおい》くんの視線《しせん》の先《さき》にいるのが私《わたし》だということに他《ほか》の子《こ》たちも気《き》づいて、教室《きょうしつ》の中《なか》がざわめきだした。

私《わたし》はクラス中《じゅう》の注目《ちゅうもく》を浴《あ》びながら、あわてて帰《かえ》る準備《じゅんび》をする。

「大丈夫《だいじょうぶ》？」

結月《ゆづき》が心配《しんぱい》そうに聞《き》いてくるけれど、必死《ひっし》に笑顔《えがお》を作《つく》ってうなずいた。

後《うし》ろにいる樹《いつき》くんの顔《かお》を見《み》ることは、できない。

とにかく待たせないようにと、私《わたし》は必死《ひっし》に机《つくえ》の中身《なかみ》をカバンに詰《つ》め込《こ》んだ。

その間《あいだ》に、誰《だれ》かが蒼《あおい》くんに話《はな》しかけに行《い》っていた。あれは、浅田《あさだ》さんたちだ。

「ねえねえ、今《いま》から帰《かえ》るの？」

「あんな子《こ》と帰《かえ》らずにさ、私《わたし》たちと遊《あそ》びに行《い》こうよ」

「そのほうが絶対楽《ぜったいたの》しいよ！」

そう言《い》って、浅田《あさだ》さんたちは私《わたし》にチラチラと視線《しせん》を向《む》けながらクスクスと笑《わら》う。バカにされているように感《かん》じて、顔《かお》が熱《あつ》くなる。

なんであんなこと言《い》われなきゃいけないのかわからない。

でも、私《わたし》はなにも言《い》えないままうつむいていた。

ダメ、泣《な》いちゃいそう。

必死《ひっし》に涙《なみだ》を我慢《がまん》していると、誰《だれ》かの叫《さけ》び声《ごえ》が聞《き》こえた。

「きゃっ」

「なにするの！」

驚《おどろ》いて、思《おも》わず私《わたし》は顔《かお》を上《あ》げた。

「おい、大丈夫《だいじょうぶ》か」

「え？」

気《き》づけばすぐそばには、蒼《あおい》くんの姿《すがた》があった。

視界《しかい》の隅《すみ》で、他《ほか》の女子《じょし》に身体《からだ》を支《ささ》えられている浅田《あさだ》さんの姿《すがた》も見《み》えた。

いったいなにがどうなってるの……？

そんな私《わたし》の疑問《ぎもん》は、すぐに解消《かいしょう》した。

「最悪《さいあく》！　か弱《よわ》い女子《じょし》に暴力《ぼうりょく》を振《ふ》るうなんて、なに考《かんが》えてるの？」

「は？　人《ひと》のこと傷《きず》つける言葉《ことば》を、楽《たの》しそうに言《い》っているやつのどこがか弱《よわ》いって？」

蒼《あおい》くんの反論《はんろん》に、浅田《あさだ》さんたちはなにも言《い》えなくなる。悔《くや》しそうに蒼《あおい》くんを見《み》たあと、今度《こんど》は私《わたし》をにらみつける。

その鋭《するど》い視線《しせん》についちぢこまってしまいそうになる私《わたし》とは違《ちが》い、蒼《あおい》くんはまったく気《き》にしていないとばかりに話《はな》しかけてきた。

「荷物《にもつ》、これだけ？」

「え、あ、うん」

蒼《あおい》くんは私《わたし》のカバンをひょいっと持《も》つと、そのまま教室《きょうしつ》を出《で》て行《い》く。

そして、どうすればいいかわからず立《た》ち尽《つ》くす私《わたし》を振《ふ》り返《かえ》った。

「なにやってんの？　帰《かえ》るぞ」

「あ……はい」

うながされて、蒼《あおい》くんの後《うし》ろを早足《はやあし》で追《お》いかける。

浅田《あさだ》さんたちの前《まえ》を通《とお》るとき、私《わたし》をにらんでいたのには気《き》づかないふりをして。

無言《むごん》のまま蒼《あおい》くんの隣《となり》を歩《ある》く。

私《わたし》より身長《しんちょう》が高《たか》い蒼《あおい》くんと並《なら》ぶためには、いつもより少《すこ》し速《はや》めに歩《ある》かなくてはいけなかった。

「あれ？　あお？」

必死《ひっし》についていっていると、蒼《あおい》くんを呼《よ》ぶ声《こえ》が聞《き》こえてそちらに視線《しせん》を向《む》けた。

そこには学生服《がくせいふく》を着《き》くずし、髪《かみ》の毛《け》をツンツンに立《た》てた男子《だんし》がいた。

蒼《あおい》くんは聞《き》こえていないのか、返事《へんじ》をすることなく歩《ある》いていく。

「あの、呼《よ》ばれてるよ？」

「いいから」

なにがいいのかわからないけれど、どうやら返事《へんじ》をする気《き》はないようだ。

私《わたし》は蒼《あおい》くんと、呼《よ》び止《と》めようとする男子《だんし》を交互《こうご》に見《み》ながら、どうすればいいのか困《こま》ってしまう。

けれど、無視《むし》されることにしびれを切《き》らしたのか、その男子《だんし》は蒼《あおい》くんの肩《かた》をつかんだ。

「おい、無視《むし》すんなよ。え？　ってか、女《おんな》の子《こ》連《つ》れてんじゃん。それが『うわさ』のあおの彼女《かのじょ》？　うわー、絶対《ぜったい》うそだと思《おも》ったのに」

「うるせえ。なんだよ」

肩《かた》に回《まわ》された腕《うで》を振《ふ》り払《はら》いながら蒼《あおい》くんは言《い》う。

学生服《がくせいふく》に付《つ》けられたバッジには『三《さん》ー二《に》』と書《か》かれているので、どうやら先輩《せんぱい》のようだ。

先輩《せんぱい》は私《わたし》をジロジロと見《み》たあと、蒼《あおい》くんの頭《あたま》を小突《こづ》いた。

「けっ、彼女《かのじょ》の前《まえ》だからってかっこつけやがって。まあ、いいや。彼女《かのじょ》ちゃんと仲良《なかよ》くな。今度《こんど》またゲーセン行《い》こうぜ」

ケラケラと笑《わら》いながら先輩《せんぱい》は去《さ》っていく。

年上《としうえ》の人《ひと》にあんな口《くち》をきいていいのかなと不安《ふあん》になって、先輩《せんぱい》の背中《せなか》と蒼《あおい》くんを見比《みくら》べてしまう。

「なに？」

「え？」

「なんか言《い》いたそうな顔《かお》をしてただろ」

歩《ある》きながら、蒼《あおい》くんは私《わたし》のほうを向《む》いた。

そんなに顔《かお》に出《で》ていたかと恥《は》ずかしくなりながらも、せっかくなのでたずねてみることにした。

「えっと、その、先輩《せんぱい》と仲《なか》いいの？」

「あー」

蒼《あおい》くんはなぜかばつが悪《わる》そうな顔《かお》をする。そんなに変《へん》なことを聞《き》いたかな。

「答《こた》えにくかったら別《べつ》に……」

「あ、いや、そうじゃなくて。学校帰《がっこうがえ》りにゲーセン寄《よ》ったときに知《し》り合《あ》ったんだ」

「……学校帰《がっこうがえ》りにゲームセンターって」

校則《こうそく》で禁止《きんし》されていることをしてしまっている、という後《うし》ろめたさがあったのか、蒼《あおい》くんは私《わたし》から目《め》をそらした。

でもそっか。ゲームセンターか。

「なんだよ、教師《きょうし》にでも言《い》うっていうのか？」

「え、あ、ううん。そうじゃなくって、私《わたし》ゲームセンターに行《い》ったことないなって思《おも》って」

「は？　マジで？」

「うん」

うなずく私《わたし》を、蒼《あおい》くんはおどろいた表情《ひょうじょう》で見《み》つめる。

ゲームセンターに行《い》ったことがないというのは、そんなにおかしいことなのかな。

これまで行《い》ってみたいと思《おも》わなかったと言《い》えばうそになるけど、パパやママがダメって言《い》うのを押《お》し切《き》ってまで行《い》きたいわけではなかった。

でも——

「ゲームセンターって楽《たの》しい？」

「楽《たの》しいっていうか……。あー、それじゃ今《いま》から行《い》くか」

「え？」

「連《つ》れて行《い》ってやるよ、ゲームセンター」

そう言《い》って、蒼《あおい》くんは私《わたし》の腕《うで》をつかんで歩《ある》き出《だ》す。

ツカツカと歩《ある》かれると、私《わたし》はついていくのがやっとで。

「あ、蒼《あおい》くん」

「なんだよ、行《い》きたくねえのか？」

「そう、じゃ、なくて」

私《わたし》の苦《くる》しそうな声《こえ》に、ようやく蒼《あおい》くんは足《あし》を止《と》めた。

私《わたし》は必死《ひっし》に息《いき》を整《ととの》えると「あのね」と切《き》り出《だ》した。

「もうちょっとだけ、ゆっくり歩《ある》いてもらってもいいかな……？」

「は？」

「歩《ある》くの速《はや》すぎて、ついていくのが大変《たいへん》なの」

「……マジか」

そんなこと考《かんが》えもしなかった、とでもいうように蒼《あおい》くんはぽかんとしている。

私《わたし》ってめんどうだと思《おも》われたかも。怒《おこ》られたらどうしよう……。

不安《ふあん》に思《おも》ったけれど、蒼《あおい》くんが見《み》せたのは意外《いがい》な反応《はんのう》だった。

「じゃあどれぐらいで歩《ある》けばいいの？」

「え……」

「なに？」

想像《そうぞう》もしていなかった返事《へんじ》に、思《おも》わず言葉《ことば》を詰《つ》まらせてしまう。

そんな私《わたし》を見《み》て、蒼《あおい》くんは不思議《ふしぎ》そうに首《くび》をかしげた。

私《わたし》はあわてて首《くび》を横《よこ》に振《ふ》る。

「う、ううん。えっと、今《いま》の半分《はんぶん》ぐらいのスピードだとうれしい」

「マジかよ」

そう言《い》って蒼《あおい》くんはため息《いき》をつく。

だって仕方《しかた》ないじゃん。私《わたし》のほうが小《ちい》さいんだから。

それなのに、ため息《いき》なんて――

「もっと早《はや》く言《い》えよ」

「え？」

おどろく私《わたし》から目《め》をそらして、蒼《あおい》くんはぎこちなく歩《ある》き出《だ》す。

「これぐらいなら大丈夫《だいじょうぶ》か？」

「え、あ、うん」

「あっそ。これからはさっさと教《おし》えろよな」

まるで私《わたし》が悪《わる》いかのように言《い》われて、ちょっとだけムッとした。

勇気《ゆうき》をふりしぼって『なんでそんなふうに言《い》われなきゃいけないの』と文句《もんく》を言《い》おうか

と思《おも》ったけど、それよりも早《はや》く蒼《あおい》くんが口《くち》を開《ひら》いた。

「なるべく気《き》づいてやりてえけど、わからないときもあると思《おも》うから。なんかあったらちゃんと言《い》ってくれよ」

「え……？」

「あんた、自分《じぶん》の気持《きも》ち押《お》し込《こ》めるタイプだろ。人《ひと》のことばっかり考《かんが》えずに、ちゃんと自《じ》分《ぶん》の気持《きも》ち伝《つた》えたほうがいいと思《おも》うぞ」

口調《くちょう》は乱暴《らんぼう》なのに、声《こえ》のトーンはとっても優《やさ》しくて気《き》が抜《ぬ》けてしまう。

蒼《あおい》くんって、よくわからない。

口《くち》は悪《わる》いし、先輩《せんぱい》たちとだってまるで友達《ともだち》みたいに話《はな》しているし。

でも、さっきみたいに優《やさ》しい一面《いちめん》もあって——

どれが、本当《ほんとう》の蒼《あおい》くんなんだろう。

ほんの少《すこ》しだけ、蒼《あおい》くんに興味《きょうみ》が湧《わ》いた気《き》がした。

6　もしかして、放課後初《ほうかごはつ》デート？

いつもは通《とお》り過《す》ぎる大通《おおどお》りのショッピングセンター。

そこの七階《ななかい》がワンフロアすべてゲームセンターになっていると、蒼《あおい》くんが教《おし》えてくれた。

連《つ》れられるままエレベーターに乗《の》りながら、私《わたし》は心配《しんぱい》になって蒼《あおい》くんにたずねた。

「ここ、本当《ほんとう》に制服《せいふく》のままで来《き》て注意《ちゅうい》されないの？」

「されるかされないかで言《い》ったら、されるだろうな」

「私《わたし》、帰《かえ》る」

「冗談《じょうだん》だよ」

くしゃっとした顔《かお》で笑《わら》う蒼《あおい》くんに、思《おも》わず見《み》とれてしまう。

樹《いつき》くんの優《やさ》しい笑顔《えがお》とは違《ちが》う、男《おとこ》の子《こ》っぽくて無邪気《むじゃき》な笑顔《えがお》。

「中《なか》に入《はい》ればわかると思《おも》うけど、この辺《へん》の中高生《ちゅうこうせい》ばっかだからな。十八時《じゅうはちじ》過《す》ぎなきゃ補導《ほどう》にだって来《き》やしねえよ」

そういうもの、なのだろうか。

それでも不安《ふあん》に思《おも》いながら、蒼《あおい》くんに隠《かく》れるようにしてようやく七階《ななかい》へと着《つ》いた。

「わ、すごい！」

ワンフロアすべてがゲームセンターと言《い》っていた蒼《あおい》くんの言葉《ことば》通《どお》り、あたり一面《いちめん》いろいろなゲーム機《き》があった。

ぬいぐるみの入《はい》ったクレーンゲームにリズムゲーム、対戦《たいせん》ゲームにメダルゲームまで。知識《ちしき》としてしか知《し》らなかったものが、今目《いまめ》の前《まえ》にある。

あと、蒼《あおい》くんの言《い》う通《とお》り、ここにいるのは見覚《みおぼ》えのある制服《せいふく》の子《こ》ばかり。同《おな》じ中学《ちゅうがく》の子《こ》もいるし、隣町《となりまち》の中学校《ちゅうがっこう》の制服《せいふく》を着《き》た子《こ》もいる。

ブレザーを着《き》ているのは高校生《こうこうせい》なのかもしれない。

「な？　心配《しんぱい》なかっただろ？」

「ホントだね」

ニッと笑《わら》う蒼《あおい》くんに、私《わたし》はホッとして小《ちい》さく笑《え》みを浮《う》かべてうなずく。

すると、なぜか蒼《あおい》くんは顔《かお》をそむけた。

「蒼《あおい》くん？」

「ちっ」

まさか舌打《したう》ちされるなんて思《おも》わず、私《わたし》はその場《ば》に立《た》ち尽《つ》くす。なにか、気《き》にさわるようなことをしてしまったのだろうか。

謝《あやま》ろうか――そんな考《かんが》えが一瞬頭《いっしゅんあたま》をよぎる。

でも、それと同時《どうじ》にさっきの蒼《あおい》くんの言葉《ことば》を思《おも》い出《だ》した。

『なるべく気《き》づいてやりてえけど、わからないときもあると思《おも》うから。なんかあったらちゃんと言《い》ってくれよ』

言《い》っても、いいのかな。

「あ、蒼《あおい》くん」

「……なに？」

そっぽを向《む》いていた蒼《あおい》くんは、私《わたし》の声《こえ》にしぶしぶこちらへと振《ふ》り向《む》いた。

その目《め》は私《わたし》をにらみつけているみたい。やっぱり……

「えっと、その……なにか、怒《おこ》ってる？」

「は？」

その「は？」は、なんだか戸惑《とまど》っているように聞《き》こえる。

「え、なんでそう思《おも》ったわけ？」

「えっと、だって、さっき舌打《したう》ちをしてて。今《いま》だって私《わたし》のことにらんでたから……」

「あー……あれか」

そう言《い》いながら蒼《あおい》くんはもう一度《いちど》舌打《したう》ちをして、それからしまったというような顔《かお》になる。

「別《べつ》に怒《おこ》ってねえよ。これは、その、くせなんだ。あんたに、じゃなくて自分《じぶん》にいら立《だ》ったときにやっちまう」

「自分《じぶん》に……？」

それじゃあ、さっきも今《いま》も自分《じぶん》にいら立《だ》ったってこと？　でもいったいどうして？

私《わたし》の疑問《ぎもん》が伝《つた》わったのか、蒼《あおい》くんは頭《あたま》をかきながらうなるように言《い》った。そして――

「その、ただ、なんだ。あんたが困《こま》った感《かん》じで笑《わら》ってたから、無理《むり》やり連《つ》れてきちまって失敗《しっぱい》したかなって、ちょっと思《おも》っただけで」

「私《わたし》……？」

困《こま》った感《かん》じで、笑《わら》った？

たしかにそうだったかもしれない。

でも、それを蒼《あおい》くんがそんなにも気《き》にするなんて思《おも》いもしなかった。

「えっと、別《べつ》に困《こま》っては、ないよ？」

「ホントか？」

「うん、まだ慣《な》れてないから、今《いま》も大《おお》きな音《おと》にちょっとだけビックリしてるし、思《おも》ったよりもたくさんの子《こ》たちが来《き》ておどろきはしたけれど、困《こま》ってはない、よ」

「……そっか」

もう一度《いちど》、蒼《あおい》くんはクシャッと笑《わら》った。

その笑顔《えがお》がなぜか不思議《ふしぎ》とまぶしく見《み》えた。

私《わたし》はゲームセンターの中《なか》を蒼《あおい》くんと見《み》て回《まわ》った。

途中《とちゅう》、クレーンゲームの景品《けいひん》に私《わたし》が好《す》きな『ゆるりうさぎ』がいるのを見《み》つけた。

ゆるりうさぎは今《いま》、女子中学生《じょしちゅうがくせい》に大人《だいにん》気《き》——と言《い》えればいいんだけど、実際《じっさい》は小学《しょうがく》

生《せい》の女《おんな》の子《こ》に大人気《だいにんき》のキャラクターだ。

　そんな子《こ》どもっぽいのなんて、とママに言《い》われて買《か》ってもらえなかったゆるりうさぎが今《いま》、目《め》の前《まえ》にいる。気《き》づけば私《わたし》は足《あし》を止《と》めていた。

「なに、あれ好《す》きなの？」

　立《た》ち止《ど》まり、ジッと見《み》ている私《わたし》に気《き》づいた蒼《あおい》くんが、クレーンゲームをのぞき込《こ》む。

「え、あ、えっと」

　子《こ》どもっぽいと笑《わら》われるかもしれない。

　そう思《おも》ったけど、蒼《あおい》くんは「ふーん」とつぶやくとポケットからおさいふを取《と》り出《だ》した。

「え？」

「どれがいいとかあんの？　俺《おれ》には全部《ぜんぶ》一緒《いっしょ》に見《み》えるんだけど」

「あ、あの、私《わたし》はあそこにいる鉛筆《えんぴつ》を持《も》った子《こ》が好《す》き、かな」

「鉛筆《えんぴつ》ね。りょーかい」

　そう言《い》って蒼《あおい》くんは投入口《とうにゅうぐち》にお金《かね》を入《い》れ、機械《きかい》を動《うご》かしはじめた。

　アームが器用《きよう》にゆるりうさぎをつかむと——

「わ、すごい！　本当《ほんとう》に取《と》れた！」

「さわぎすぎだろ」

思《おも》わず歓声《かんせい》をあげた私《わたし》に、蒼《あおい》くんは小《ちい》さく笑《わら》う。

「ほら、やるよ」

蒼《あおい》くんは、ボールチェーンのついた小《こ》ぶりのぬいぐるみを私《わたし》に差《さ》し出《だ》した。

「でも――」

「俺《おれ》が持《も》っててもしょうがねえだろ。ほら、女子《じょし》は今《いま》カバンにそういうのつけるのがはやってるんだろ？　あんたもカバンにつけとけばいいじゃん」

蒼《あおい》くんの言葉《ことば》に私《わたし》は戸惑《とまど》う。

女子《じょし》たちが小《ちい》さめのぬいぐるみをキーホルダーとしてつけているのは、私《わたし》も知《し》っていた。

でも、それは校則的《こうそくてき》にはグレーで、派手《はで》な子《こ》たちがしている分《ぶん》には先生《せんせい》も目《め》をつぶっているけれど、おとなしい子《こ》たちがしていると口《くち》うるさく怒《おこ》るのだ。

前《まえ》に結月《ゆづき》が推《お》しのキーホルダーをつけていたら、生徒指導室《せいとしどうしつ》まで呼《よ》ばれてたっけ。

「ま、どっちでもいいけど」

うんともすんとも言《い》わない私《わたし》にあきれたのか、蒼《あおい》くんはゆるりうさぎを私《わたし》の手《て》の中《なか》に押《お》しつける。

「とにかく、これはあんたにやるよ。好《す》きにすればいい」

「ありがとう」

「……別《べつ》に」

そのぶっきらぼうな口調《くちょう》が怒《おこ》っているわけではないことを、私《わたし》はもうわかっていた。

7　彼《かれ》に手《て》を引《ひ》かれ歩《ある》いた帰《かえ》り道《みち》

「なんか他《ほか》にしてみたいゲームとかないの？」

「してみたいゲームかぁ」

ぐるっと回《まわ》ってみたものの、初《はじ》めて見《み》るゲームはどれも難《むずか》しそうに見《み》えて「やりたい！」とは言《い》えなかった。

「ちなみに、蒼《あおい》くんは普段《ふだん》どんなゲームをしてるの？」

「俺《おれ》？　そうだな、ゾンビを銃《じゅう》で撃《う》つのとか」

「ゾンビ……？」

「幽霊《ゆうれい》が出《で》るっていう洋館《ようかん》の中《なか》を探索《たんさく》したり」

「幽霊《ゆうれい》……」

想像《そうぞう》しただけで、ゾッとする。

「やってみるか？」

「む、無理《むり》。絶対《ぜったい》、夜《よる》ひとりでお風呂《ふろ》に入《はい》れなくなっちゃう」

「なんだそれ」

私《わたし》の言葉《ことば》に、蒼《あおい》くんはおかしそうにクックツと笑《わら》う。

そんな変《へん》なことを言《い》ったつもりはないのに、どうして笑《わら》われてしまうのかわからない。

「あんた、怖《こわ》いの苦手《にがて》？」

「苦手《にがて》！　お化《ば》け屋敷《やしき》とかホラー映画《えいが》もダメなんだよね」

子《こ》どもの頃《ころ》、お祭《まつ》りのお化《ば》け屋敷《やしき》に入《はい》ってからしばらくはひとりでトイレに行《い》くことさえできなかったことを思《おも》い出《だ》す。

「ふーん、そっか。覚《おぼ》えとくわ」

「え、なんで……？」

まさか、わざとそういうところに連《つ》れて行《い》ったり、怖《こわ》い思《おも》いをさせたりするつもりなんじゃあ……

「なんでって……」

私《わたし》の問《と》いかけに、蒼《あおい》くんは気《き》まずそうにそっぽを向《む》くと、ボソッとつぶやいた。

「一緒《いっしょ》に出《で》かけるときに、あんたが嫌《いや》がるところ選《えら》ばないように、だよ」

「え……」

まさかそんなことを考《かんが》えてくれていたなんて。

「なんだよ！」

「え、あ、その……蒼《あおい》くんって、優《やさ》しかったんだね」

つい、思《おも》ったままの言葉《ことば》が口《くち》をついて出《で》る。

「ばっ……」

振《ふ》り返《かえ》った蒼《あおい》くんの頬《ほお》が、ほんの少《すこ》しだけ赤《あか》く染《そ》まって見《み》えて、私《わたし》はつい笑《わら》ってしまう。

ずっと乱暴《らんぼう》で口《くち》が悪《わる》くて怖《こわ》い人《ひと》だと思《おも》っていた。

でもそれは、私《わたし》が勝手《かって》に描《えが》いていた蒼《あおい》くんのイメージで、本当《ほんとう》の蒼《あおい》くんとは少《すこ》し違《ちが》うのかもしれない。

そんな当《あ》たり前《まえ》のことが、ようやくわかった気《き》がした。

ゲームセンターからの帰《かえ》り道《みち》、私《わたし》たちはふたり並《なら》んで歩道《ほどう》を歩《ある》いていた。

いつの間《ま》にか秋《あき》が深《ふか》まっていて、街路樹《がいろじゅ》が赤《あか》や黄色《きいろ》に染《そ》まっている。

今《いま》は過《す》ごしやすい気候《きこう》だけれど、そのうち肌寒《はだざむ》くなって冬《ふゆ》が来《く》る。

冬《ふゆ》が来《く》れば、樹《いつき》くんと蒼《あおい》くんの誕生日《たんじょうび》だ。

できるならあんな勢《いきお》いの告白《こくはく》じゃなくて、おめでとうって言《い》ってから告白《こくはく》したかった。

でも、今《いま》の私《わたし》じゃ……

「あっ」

「は？」

ボーッとしていた私《わたし》は、歩道《ほどう》にあった溝《みぞ》のくぼみに足《あし》を取《と》られて転《ころ》んでしまう。

「いった……」

思《おも》いっきり転《ころ》んでアスファルトに膝《ひざ》を打《う》ちつける。

傷口《きずぐち》からは、みるみるうちに血《ち》がにじみはじめた。

「なにやってんだよ」

蒼《あおい》くんのどなるような声《こえ》にビクッとなる。そんなに怒《おこ》らなくてもいいじゃない。

傷《きず》の痛《いた》みと大《おお》きな声《こえ》に悲《かな》しくなって、涙《なみだ》があふれそうになる。

「こっち来《こ》い」

「わっ」

腕《うで》を引《ひ》っ張《ぱ》られて起《お》き上《あ》がった私《わたし》は、すぐ近《ちか》くにあった古《ふる》びた公園《こうえん》のベンチに座《すわ》らされた。

「ここで待《ま》ってろ」

「あ……」

そう言《い》うが早《はや》いか、蒼《あおい》くんは私《わたし》を置《お》いてどこかに走《はし》って行《い》ってしまった。

人《ひと》が少《すく》なくて雑草《ざっそう》がいっぱい生《は》えているところに、ひとり置《お》いていかれてしまうなんて。

涙《なみだ》がこぼれそうになるのを必死《ひっし》に我慢《がまん》する。

きっとこんなとき樹《いつき》くんなら、優《やさ》しい言葉《ことば》をかけてくれる。

「大丈夫《だいじょうぶ》？」って聞《き》いて、「痛《いた》かったね」って寄《よ》りそってくれて——

樹《いつき》くんの姿《すがた》を思《おも》い浮《う》かべて、胸《むね》の奥《おく》がキュッとなる。

やっぱり私《わたし》、樹《いつき》くんが好《す》きだ。蒼《あおい》くんじゃない。樹《いつき》くんのことが好《す》きなんだ。

「ちゃんと、言《い》わなきゃ」

間違《まちが》いだったんだって。それで……

「おい」

「え？」

声《こえ》をかけられて顔《かお》を上《あ》げると、そこには息《いき》を切《き》らせた蒼《あおい》くんの姿《すがた》があった。手《て》には小《ちい》さな箱《はこ》を持《も》っている。

「泣《な》くほど痛《いた》いのか？　大丈夫《だいじょうぶ》か？」

「え、あ、あの」

「ってか、なんで水《みず》で洗《あら》ってねえんだよ。そこに水道《すいどう》があるから洗《あら》っとけって言《い》っただろ」

指《ゆび》さされた先《さき》には、たしかに水飲《みずの》み場《ば》と手洗《てあら》いが一緒《いっしょ》になったタイプの水道《すいどう》があった。

で、でも。

「そんなこと、言《い》わなかったよ」

「は？　……俺《おれ》、言《い》ってなかった？　マジか」

はぁとため息《いき》をつくと、蒼《あおい》くんはその場《ば》にしゃがみ込《こ》んだ。おでこにはうっすらと汗《あせ》をかいている。

よく見《み》ると、手《て》に持《も》っているのは近《ちか》くのコンビニのシールが貼《は》られた絆創膏《ばんそうこう》の箱《はこ》だった。

もしかして、これを買《か》いに行《い》くために走《はし》ってくれたの……？

「あの……」

「足《あし》、洗《あら》うぞ」

「え、あっ」

しゃがんだまま上目《うわめ》づかいで私《わたし》を見《み》ると、蒼《あおい》くんは立《た》ち上《あ》がった。

そのまま手《て》を引《ひ》かれて、私《わたし》は水道《すいどう》へと向《む》かう。

傷口《きずぐち》が痛《いた》いはずなのに、つかまれた手《て》のほうが気《き》になって痛《いた》みがどこかに飛《と》んでいってしまった。

「あー……ハンカチとかあるか？」

「うん、これでいい？」

「さんきゅ」

ふっとほほ笑《え》むその顔《かお》に思《おも》わず見入《みい》ってしまう。

蒼《あおい》くんは受《う》け取《と》ったハンカチを水《みず》でぬらすと、私《わたし》の足《あし》に当《あ》てた。

「いたっ」

「わりい。でも、ちゃんと洗《あら》っておかねえと雑菌《ざっきん》が入《はい》ったら困《こま》るから」

ハンカチでそっと傷口《きずぐち》をぬぐってくれる手《て》つきも、口《くち》ぶりもあまりにも優《やさ》しい。

「血《ち》は結構出《けっこうで》てるけど、傷自体《きずじたい》はたいしたことねえみたいだな」

絆創膏《ばんそうこう》を取《と》り出《だ》し、私《わたし》の足《あし》に貼《は》ると、蒼《あおい》くんは立《た》ち上《あ》がって手《て》を差《さ》し出《だ》した。

「え……？」

「……その足《あし》じゃ、歩《ある》くのつらいだろ。手《て》、貸《か》せよ」

「う、うん」

さっきみたいに引《ひ》っ張《ぱ》られて歩《ある》くんじゃなくて、ゆっくりと手《て》をつなぎながら、私《わたし》たちは帰《かえ》り道《みち》を歩《ある》く。

会話《かいわ》なんてひとつもないのに、どうしてか気《き》まずくない。

私《わたし》は、隣《となり》を歩《ある》く蒼《あおい》くんの顔《かお》をこっそりと見上《みあ》げる。

樹《いつき》くんと同《おな》じようで全然違《ぜんぜんちが》う。

目《め》つきも、口元《くちもと》も、表情《ひょうじょう》も、それから——私《わたし》を見《み》つめる視線《しせん》も。

「あっ」

「なんだよ」

不意《ふい》に目《め》が合《あ》って、蒼《あおい》くんは足《あし》を止《と》めた。

「今《いま》、俺《おれ》のこと見《み》てただろ」

「み、見《み》てないよ」

「うそつけ。どうせあんたも俺《おれ》のこと、怖《こわ》いとか思《おも》ってんだろ。……ま、別《べつ》にいいけど」

ポツリとつぶやいた「別《べつ》にいいけど」が、全然《ぜんぜん》いいと思《おも》っているようには聞《き》こえない。

どこかさびしげな言《い》い方《かた》に、思《おも》わず私《わたし》はつながれた手《て》にギュッと力《ちから》を込《こ》めた。

「怖《こわ》くなんかないよ」

「は？」

「蒼《あおい》くんのこと、怖《こわ》くなんか、ない。さっきも絆創膏《ばんそうこう》買《か》ってきてくれたし、足《あし》も手当《てあ》てしてくれた。……ありがと」

ニッコリと笑《わら》った私《わたし》に、蒼《あおい》くんは一瞬《いっしゅん》おどろいたような表情《ひょうじょう》を見《み》せた。

でもすぐに顔《かお》をそむけ、頭《あたま》をかきむしる。

「あんた、変《か》わってるな」

「そうかな？」

「そうだよ。……でも、そういうのきらいじゃない」

「え？」

言《い》われた言葉《ことば》の意味《いみ》が理解《りかい》できず、思《おも》わず聞《き》き返《かえ》してしまう。

「なんでもねえよ。つーかさ、絆創膏《ばんそうこう》を買《か》ってくるぐらい当《あ》たり前《まえ》だろ。……彼女《かのじょ》なんだし」

「え、あ……」

「ほら、さっさと帰《かえ》るぞ」

そう言《い》った蒼《あおい》くんの耳《みみ》がほんの少《すこ》しだけ赤《あか》く見《み》えたのは、夕日《ゆうひ》のせい——だけじゃないのかもしれない。

8　少《すこ》しずつ知《し》った彼《かれ》のいいところ

蒼《あおい》くんと付《つ》き合《あ》うことになってから、いつの間《ま》にか一《いっ》ヶ月《げつ》が経《た》っていた。

ゲームセンターにふたりで行《い》ったあの日《ひ》、公園《こうえん》で蒼《あおい》くんの意外《いがい》な一面《いちめん》に触《ふ》れてから、なんとなく私《わたし》の中《なか》で蒼《あおい》くんに対《たい》する印象《いんしょう》が変《か》わった。

怖《こわ》いと思《おも》っていた乱暴《らんぼう》な口調《くちょう》は照《て》れ隠《かく》し。

にらみつけるように見《み》ていると思《おも》っていた顔《かお》は、ちょっと目《め》つきが悪《わる》いだけ。

言葉《ことば》がきついときもあるけれど、うわべだけのものじゃなくてきちんと私《わたし》に届《とど》けようとしてくれている。

そしてなによりも、思《おも》っていた以上《いじょう》に蒼《あおい》くんは優《やさ》しかった。

――樹《いつき》くんと同《おな》じぐらいに。

荷物《にもつ》を持《も》って廊下《ろうか》を歩《ある》きながら、ふと窓《まど》の向《む》こうに目《め》をやった。

そこには、にこやかに笑《わら》って友達《ともだち》と話《はな》す樹《いつき》くんがいる。

「樹《いつき》くん……」

胸《むね》の奥《おく》がきゅっとなる。蒼《あおい》くんがいい人《ひと》なのはわかったけれど、やっぱり私《わたし》が好《す》きなのは――

「おい、また担任《たんにん》になにか頼《たの》まれたのか」

突然《とつぜん》、誰《だれ》かに後《うし》ろから声《こえ》をかけられた。ビクッとした拍子《ひょうし》に手《て》に持《も》っていた箱《はこ》を落《お》としてしまいそうになる。

「あっぶねえな」

蒼《あおい》くんだ。彼《かれ》が慌《あわ》てて手《て》を差《さ》し出《だ》してくれたおかげで、なんとか箱《はこ》を落《お》とさずにすんだ。

「なにやってんだよ」

「ご、ごめんなさい。ビックリして」

落《お》とさないようにしっかりと持《も》ち直《なお》す私《わたし》に、蒼《あおい》くんはそうじゃないと言《い》うように首《くび》を横《よこ》に振《ふ》った。

「なんでそんなもの持《も》ってるんだって聞《き》いてんの」

「あ、これは」

私《わたし》は自分《じぶん》の持《も》った箱《はこ》へと視線《しせん》を向《む》けた。そこには社会《しゃかい》の授業《じゅぎょう》で使《つか》った資料《しりょう》が入《はい》っている。

「今《いま》から社会科準備室《しゃかいかじゅんびしつ》に持《も》っていくところだったの」

「あんた、ホントよく頼《たの》まれるよな」

「……断《ことわ》らなさそうだからなんじゃないかな」

私《わたし》だってやりたくてやっているわけじゃない。でも、頼《たの》まれるとどうしても嫌《いや》と言《い》えないのだから仕方《しかた》ないよ。

それに私《わたし》が断《ことわ》ったら、他《ほか》の誰《だれ》かが頼《たの》まれることになるし。

みんなめんどうなんだから、それなら私《わたし》がやったって変《か》わらない。

「んなこと言《い》ってねーだろ」

「あっ」

蒼《あおい》くんはひょいと私《わたし》から資料《しりょう》の入《はい》った箱《はこ》を取《と》り上《あ》げると、中《なか》から小《ちい》さな本《ほん》を一冊《いっさつ》取《と》り出《だ》した。

「あんたはこれでも持《も》ってろ」

「でも、私《わたし》が頼《たの》まれたことだし」

「いいから」

素《そ》っ気《け》なく言《い》うと、立《た》ち止《ど》まったままの私《わたし》を置《お》いて蒼《あおい》くんは歩《ある》きはじめる。

私《わたし》はあわてて隣《となり》に並《なら》んだ。

「……ありがと」

「別《べつ》に」

蒼《あおい》くんは不機嫌《ふきげん》そうに見《み》えるけれど、きっと……

あ――

ふいに、蒼《あおい》くんが歩調《ほちょう》をゆるめてくれたのがわかった。

自分《じぶん》の気持《きも》ちをちゃんと伝《つた》えたあの日《ひ》から、蒼《あおい》くんは私《わたし》の隣《となり》を歩《ある》くときは必《かなら》ずゆっくりとペースを落《お》としてくれる。

人《ひと》によってはそんなちょっとのことで、って思《おも》うかもしれない。

でもそれが、私《わたし》にはうれしかった。

蒼《あおい》くんのことをちゃんと知《し》らなかった頃《ころ》は、樹《いつき》くんと同《おな》じ顔《かお》の怖《こわ》い人《ひと》、だと思《おも》っていた。

でも、今《いま》は違《ちが》う。顔《かお》だって声《こえ》だって似《に》ているようで全然違《ぜんぜんちが》う。

間違《まちが》えて告白《こくはく》したのが信《しん》じられないぐらい、ふたりは別《べつ》の人間《にんげん》だった。

……でも。

優《やさ》しくされればされるほど、この関係《かんけい》が間違《まちが》いなんだっていつ伝《つた》えようか悩《なや》むようになった。

きっと傷《きず》つくよね。

もしかしたら怒《おこ》って、今《いま》みたいにこうやって話《はな》してくれなくなるかもしれない。

それならいっそ、言《い》わないほうがいいのかも……と思《おも》ったりもする。

黙《だま》ったままこうやって付《つ》き合《あ》っていればいいいんじゃないかって。

でも、そんなこと……

私《わたし》は、いったいどうしたいの？

何度《なんど》も自分《じぶん》の心《こころ》に問《と》いかけてしまう。

「どうした？」

「え、あ、ううん。気《き》にしないで」

黙《だま》ったまま歩《ある》く私《わたし》に、蒼《あおい》くんは気《き》づかうように声《こえ》をかけてくれる。

笑《わら》ってごまかすと、蒼《あおい》くんはなにかを考《かんが》え込《こ》むような顔《かお》をした。

どうしたんだろう？

「さっきの」

ズボンのポケットに手《て》を突《つ》っ込《こ》むと、口《くち》ごもりながらも蒼《あおい》くんは話《はなし》を続《つづ》けた。

「『断《ことわ》らなさそうだから』ってやつだけど」

「え？」

「みんな、あんたが優《やさ》しいから甘《あま》えてんだ。だから、嫌《いや》だったら嫌《いや》って言《い》ってもいいと思《おも》う」

「蒼《あおい》くん……」

「ま、言《い》えなかったら俺《おれ》が言《い》ってやるよ」

ようやく着《つ》いた社会科準備室《しゃかいかじゅんびしつ》の前《まえ》で足《あし》を止《と》めながら、蒼《あおい》くんはニッと笑《わら》った。

そんなこと言《い》われるとは思《おも》わなくて、私《わたし》はつい蒼《あおい》くんを見上《みあ》げたまま立《た》ち止《ど》まってしまう。

「なに？」

「え、な、なんでもない」

「そ？」

私《わたし》がうなずくのを確認《かくにん》すると、蒼《あおい》くんは社会科準備室《しゃかいかじゅんびしつ》のドアを開《あ》ける。

その後《うし》ろ姿《すがた》がなんだか輝《かがや》いていて、私《わたし》は目《め》が離《はな》せなかった。


帰《かえ》りの会《かい》が終《お》わり、私《わたし》はふうと息《いき》をはき出《だ》す。

蒼《あおい》くんの席《せき》のほうを見《み》ると、彼《かれ》はクラスの男子《だんし》となにかを話《はな》していた。

いつもは蒼《あおい》くんから「帰《かえ》るぞ」って声《こえ》をかけてくれるんだけど、今日《きょう》は私《わたし》のほうから「帰《かえ》ろ」って誘《さそ》ってみようと思《おも》っていた。

ビックリしてくれるかな。

ちょっとぐらい照《て》れてくれたりするかな？

蒼《あおい》くんの反応《はんのう》を想像《そうぞう》すると、少《すこ》しだけ口元《くちもと》がゆるむ。

「よし、じゃあこれで終《お》わりだ。ああ、そうだ。加納《かのう》」

号令《ごうれい》のあと、坂井先生《さかいせんせい》が私《わたし》の名前《なまえ》を呼《よ》んだ。

とっても嫌《いや》な予感《よかん》がする。

「このあと資料作《しりょうづく》りを手伝《てつだ》ってくれないか」

「えっと、このあと、ですか？」

「ああ、なにか予定《よてい》でもあったか？」

予定《よてい》があるわけではないけれど、引《ひ》き受《う》けると蒼《あおい》くんを待《ま》たせてしまうことになる。

それに、せっかくこれから蒼《あおい》くんを誘《さそ》おうと思《おも》っていたのに。

勇気《ゆうき》が、ほしい。嫌《いや》だって断《ことわ》れる勇気《ゆうき》が。蒼《あおい》くんのように、素直《すなお》に自分《じぶん》の気持《きも》ちを言《い》える勇気《ゆうき》が……。

「加納《かのう》、どうした？」

「いえ……」

「そうか？　じゃあ頼《たの》んだぞ」

「はい」

結局《けっきょく》、断《ことわ》ることはできなかった。

気持《きも》ちひとつちゃんと口《くち》に出《だ》せない自分自身《じぶんじしん》がだいっきらいだ。

うつむいてくちびるをかむ私《わたし》の頭上《ずじょう》で、誰《だれ》かの声《こえ》がした。

「先生《せんせい》、また加納《かのう》さんに頼《たの》んでるんですか？」

「え……」

聞《き》き覚《おぼ》えのある声《こえ》に振《ふ》り返《かえ》ると、私《わたし》のすぐ後《うし》ろに樹《いつき》くんがいた。

「中川《なかがわ》か。また、なんて人聞《ひとぎ》きの悪《わる》いこと言《い》うな。なあ？」

坂井先生《さかいせんせい》に同意《どうい》を求《もと》められたけれど、苦笑《にがわら》いを浮《う》かべることしかできない。

でも、私《わたし》が同意《どうい》したと思《おも》ったのか、坂井先生《さかいせんせい》はニヤッと笑《わら》った。

「ほらな」

「えー、もう。加納《かのう》さんってば優《やさ》しいなぁ」

肩《かた》をすくめると、樹《いつき》くんは坂井先生《さかいせんせい》に言《い》った。

「じゃあ、僕《ぼく》も手伝《てつだ》いますよ」

「中川《なかがわ》も？」

「はい。ふたりでやったほうが早《はや》いでしょう？」

にこやかに言《い》う樹《いつき》くんに、坂井先生《さかいせんせい》は満足《まんぞく》そうにうなずいた。

「たしかに、それもそうだな。じゃあ、ふたりに頼《たの》むとするよ」

私《わたし》が口《くち》をはさむ間《ま》もなく、気《き》づけば樹《いつき》くんとふたりで資料作《しりょうづく》りをすることが決《き》まっていた。


空《あ》き教室《きょうしつ》に資料《しりょう》を準備《じゅんび》しておくと言《い》って、坂井先生《さかいせんせい》は先《さき》に教室《きょうしつ》を出《で》て行《い》った。

「それじゃあ、移動《いどう》しようか」

カバンを持《も》った樹《いつき》くんは、優《やさ》しくほほ笑《え》みかけるように私《わたし》をうながす。

「あ、うん。でも……」

「どうかした？」

私《わたし》は蒼《あおい》くんの席《せき》のほうへと視線《しせん》を向《む》ける。

たぶん、そろそろ……

「準備《じゅんび》できてるか？　帰《かえ》るぞ」

「あ、蒼《あおい》くん！」

タイミングよく、立《た》ち上《あ》がった蒼《あおい》くんが私《わたし》に声《こえ》をかけた。

「って、樹《いつき》？　なにやってんだよ」

私《わたし》のすぐそばに樹《いつき》くんがいることに気づき、蒼《あおい》くんはなぜか不満《ふまん》そうな表情《ひょうじょう》になる。

「あ、あの、私《わたし》、先生《せんせい》に頼《たの》まれごとされちゃって」

説明《せつめい》するために、あわてて蒼《あおい》くんのもとへと向《む》かう。

そんな私《わたし》の後《うし》ろを、樹《いつき》くんもついて来《く》る。

「またかよ。それで？　ちゃんと断《ことわ》れたのか？」

「うう……」

「だろうな」

あきれたように蒼《あおい》くんは笑《わら》う。

でも、その笑《わら》い方《かた》がどこか「しょうがないな」と言《い》っているように見《み》えて、悪《わる》い気《き》はしなかった。

「で、今日《きょう》はなにを頼《たの》まれたんだ？」

「資料作《しりょうづく》りだよ」

「……別《べつ》に、樹《いつき》には聞《き》いてねえよ」

「ああ、ごめんね。僕《ぼく》も一緒《いっしょ》に頼《たの》まれたからさ」

「は？」

樹《いつき》くんの言葉《ことば》に、蒼《あおい》くんは眉間《みけん》にしわを寄《よ》せた。

「なんで樹《いつき》が」

「なんでって、別《べつ》に僕《ぼく》が先生《せんせい》に手伝《てつだ》いを頼《たの》まれてもおかしくないでしょ」

「だからって――」

いら立《だ》ったように蒼《あおい》くんは言《い》う。

もしかしたら蒼《あおい》くんはなにか誤解《ごかい》してるのかもしれない。

「違《ちが》うの！」

あわてて口《くち》をはさむと、ふたりがいっせいにこっちを向《む》いた。

急《きゅう》にふたりから見《み》つめられてドキドキしちゃう……って、今《いま》はそれどころじゃない。

「あ、あのね。樹《いつき》くんは私《わたし》のことを助《たす》けてくれたの」

「助《たす》けた？」

「そう。私《わたし》が坂井《さかい》先生《せんせい》に頼《たの》まれて断《ことわ》れずにいたら、僕《ぼく》も手伝《てつだ》うよって言《い》ってくれて。だから、樹《いつき》くんは私《わたし》のせいで巻《ま》き込《こ》まれちゃったの。ごめんなさい」

頭《あたま》を下《さ》げる私《わたし》に、蒼《あおい》くんはなぜかため息《いき》を、樹《いつき》くんはふふっと小《ちい》さく笑《わら》った。

「別《べつ》にあんたが謝《あやま》る必要《ひつよう》なんてないだろ」

「え、でも樹《いつき》くんに迷惑《めいわく》を――」

「そんなの樹《いつき》が勝手《かって》にやったことだから気《き》にするな」

蒼《あおい》くんの口調《くちょう》は、本当《ほんとう》に気《き》にしてなさそうだ。でも――

「じゃあどうしてさっき、怒《おこ》ってたの？」

「それは……」

私《わたし》の質問《しつもん》に、蒼《あおい》くんは顔《かお》をそむけて黙《だま》ってしまう。

いったいどうしたんだろう。

「ふふ」

「なんだよ」

「別《べつ》に。蒼《あおい》がそんなにお兄《にい》ちゃん思《おも》いだったなんて知《し》らなかったよ」

「うるせえ、そんなわけねえだろ」

肩《かた》に置《お》かれた樹《いつき》くんの手《て》を、蒼《あおい》くんは嫌《いや》そうに振《ふ》り払《はら》う。

仲《なか》のいい姿《すがた》につい笑《わら》ってしまいそうになる。

「なんだよ」

「な、なんでもない」

無意識《むいしき》のうちに口元《くちもと》がゆるんでしまっていたのか、蒼《あおい》くんは不服《ふふく》そうな表情《ひょうじょう》をこちらに向《む》けた。

「なあ、それ俺《おれ》もてつだ――」

「というわけで、僕《ぼく》たちは資料作《しりょうづく》りがあるから行《い》くね」

蒼《あおい》くんがなにか言《い》おうとするよりも早《はや》く、樹《いつき》くんはにこやかな表情《ひょうじょう》で会話《かいわ》を終《お》わらせる。

「あ、あの、蒼《あおい》くん、先《さき》に帰《かえ》ってくれても大丈夫《だいじょうぶ》だよ……？」

待《ま》たせるのも申《もう》し訳《わけ》ないし、それにどれぐらい時間《じかん》がかかるかわからない。

それならいっそ、と思《おも》ったけれど、蒼《あおい》くんは不機嫌《ふきげん》そうに首《くび》を横《よこ》に振《ふ》った。

「待《ま》ってる」

「えっ、いいの？」

「いいから、さっさと終《お》わらせてこいよ」

「うん！」

蒼《あおい》くんの言葉《ことば》に勢《いきお》いよくうなずく。

いつの間《ま》にか私《わたし》の頬《ほお》はゆるみ、自然《しぜん》と笑顔《えがお》になっていた。

蒼《あおい》くんに手《て》を振《ふ》ると、私《わたし》は樹《いつき》くんと並《なら》んで空《あ》き教室《きょうしつ》へ向《む》かった。

なんだか樹《いつき》くんと久《ひさ》しぶりに話《はなし》をした気《き》がする。

前《まえ》は教室《きょうしつ》にいたらよく樹《いつき》くんのことを見《み》ていた。

けど、蒼《あおい》くんと付《つ》き合《あ》うようになってからは樹《いつき》くんのことを気《き》にしちゃいけないような気《き》がして、視線《しせん》を向《む》けられずにいた。

だから今《いま》、余計《よけい》になにを話《はな》していいのかわからない。

黙《だま》ったまま歩《ある》いていると、隣《となり》に並《なら》ぶ樹《いつき》くんがこちらを向《む》いた。

「ごめんね、蒼《あおい》と一緒《いっしょ》に帰《かえ》る予定《よてい》だったのに」

「え？」

謝《あやま》られると思《おも》っていなくて、私《わたし》はあわてて顔《かお》の前《まえ》で手《て》を振《ふ》った。

「樹《いつき》くんはなにも悪《わる》くないよ。それより巻《ま》き込《こ》んじゃってごめんね。私《わたし》のせいで樹《いつき》くんまで帰《かえ》るのが遅《おそ》くなっちゃった」

改《あらた》めて謝《あやま》ると、樹《いつき》くんはキョトンとした表情《ひょうじょう》を浮《う》かべ、それからやわらかく笑《わら》った。

「それこそ、どうして加納《かのう》さんが謝《あやま》るの？　加納《かのう》さんだって先生《せんせい》に頼《たの》まれただけだし、手《て》伝《つだ》うのは僕《ぼく》がそうしたいって思《おも》ったからだよ。謝《あやま》ることなんてなにもないんだ」

ね？　と念《ねん》を押《お》すように言《い》われて、私《わたし》は「ありがとう」と笑顔《えがお》で答《こた》えた。

そういえば、とふと気づく。

樹《いつき》くんは私《わたし》が歩《ある》くスピードに合《あ》わせてくれているのか、ずっとゆっくりとした足取《あしど》りだ。

蒼《あおい》くんも付《つ》き合《あ》いはじめた頃《ころ》はひとりでスタスタ行《い》ってしまっていたものの、今《いま》はゆっくり歩《ある》いてくれる。

最初《さいしょ》は怖《こわ》くて仕方《しかた》がなかった蒼《あおい》くんだけど、今《いま》はそんなことはなくて、本当《ほんとう》は優《やさ》しい人《ひと》なんだって私《わたし》は知《し》っている。

「どうしたの？」

くふふ、とつい笑《わら》い声《ごえ》がもれてしまった私《わたし》に、樹《いつき》くんは不思議《ふしぎ》そうに首《くび》をかしげる。

「ううん、なんでもない。早《はや》く終《お》わらせて帰《かえ》ろうね」

大好《だいす》きだった樹《いつき》くんと一緒《いっしょ》にいるのに、蒼《あおい》くんのことを考《かんが》えてしまうのはどうしてだろう。

緊張《きんちょう》はしているけれど、ドキドキしているかというとちょっと違《ちが》う気《き》がする。

あんなにも好《す》きだったはずなのに、自分《じぶん》の気持《きも》ちがわからない。

ただ今《いま》は、待《ま》ってると言《い》ってくれた蒼《あおい》くんの言葉《ことば》がうれしくて、早《はや》く作業《さぎょう》に取《と》りかかりたかった。

私《わたし》は廊下《ろうか》をパタパタと走《はし》る。

「遅《おそ》くなっちゃった」

思《おも》ったよりも資料《しりょう》の数《かず》が多《おお》くて、樹《いつき》くんとふたりでホチキス片手《かたて》に頑張《がんば》ったものの一時《いちじ》間以上《かんいじょう》かかってしまった。

「蒼《あおい》くん、まだ待《ま》っててくれてるかな」

つぶやきながらも、蒼《あおい》くんが先《さき》に帰《かえ》ってしまうとは思《おも》っていなかった。

そう言《い》い切《き》れるぐらいには、蒼《あおい》くんのことをわかっているつもりでいる。

——彼女《かのじょ》として。

「彼女《かのじょ》……彼女《かのじょ》かあ……」

付《つ》き合《あ》いはじめてから一《いっ》ヶ月以上《げついじょう》が過《す》ぎ、蒼《あおい》くんのいいところとか素敵《すてき》だなって思《おも》うところが増《ふ》えてきた。

たまに、ホントたまにだけど、ドキドキしちゃうときもある。

それに……

私《わたし》はさっきまで一緒《いっしょ》に過《す》ごしていた樹《いつき》くんを思《おも》い出《だ》す。

蒼《あおい》くんと付《つ》き合《あ》うことになった頃《ころ》は、樹《いつき》くんを見《み》るのがつらかった。

樹《いつき》くんは別《べつ》に私《わたし》のことなんて気《き》にしていないのはわかってる。それでも樹《いつき》くんの目《め》を見《み》ることができなかったんだけど……

いつからだろう。樹《いつき》くんを見《み》ても目《め》をそらさなくなったのは。

気《き》まずさを感《かん》じなくなったのは。

そしてそれは、どうしてなんだろう――

なんとなく、その疑問《ぎもん》の答《こた》えはもうすぐわかる気《き》がした。

9　それってヤキモチ……？

ようやく教室《きょうしつ》に着《つ》いた私《わたし》は、息《いき》を整《ととの》えると教室《きょうしつ》のドアに手《て》をかけた。

「――だからさ」

「は？　ふざけんなよ」

けれど教室《きょうしつ》の中《なか》から誰《だれ》かの声《こえ》が聞《き》こえてきて手《て》を止《と》めた。

どうも片方《かたほう》の声《こえ》は蒼《あおい》くんのようだ。

怒《おこ》ったような言《い》い方《かた》をしているけど、友達《ともだち》と一緒《いっしょ》にいるのかな。

それなら私《わたし》が入《はい》っていったら邪魔《じゃま》になるかも……

どうしよう、少《すこ》し時間《じかん》を置《お》いてもう一度《いちど》戻《もど》ってきたほうが——

「おい、蒼《あおい》。どこ行《い》くんだよ」

「トイレ！」

まずい、と思《おも》ったときには目《め》の前《まえ》のドアが開《ひら》いて、蒼《あおい》くんが顔《かお》を出《だ》した。

「あれ？　あんた、こんなところでなにしてんの」

「あ、えっと、ごめんなさい」

「なんで謝《あやま》ってんだよ。……終《お》わったのか？」

蒼《あおい》くんからの問《と》いかけに、私《わたし》はうなずきながら教室《きょうしつ》の中《なか》へと視線《しせん》を向《む》ける。

クラスの男子《だんし》だけじゃなくて、違《ちが》うクラスのちょっとヤンチャな男子《だんし》たちが三人《さんにん》、机《つくえ》に座《すわ》ってこっちを見《み》ていた。

「おっ、うわさの凛《りん》ちゃんじゃん」

「ねえねえ、こっち来《き》て一緒《いっしょ》にしゃべろうよ」

「えっ、あの……」

突然《とつぜん》の出来事《できごと》に、どういう態度《たいど》を取《と》るのが正解《せいかい》なのかわからなくなる。

蒼《あおい》くんの友達《ともだち》なら、私《わたし》も仲良《なかよ》くしたほうがいいよねと思《おも》う半面《はんめん》、はやしたてるような口《くち》振《ぶ》りに、どこか嫌《いや》な雰囲気《ふんいき》がして……

困《こま》ったまま立《た》ち尽《つ》くしていると、蒼《あおい》くんが私《わたし》をかばうようにして間《あいだ》に立《た》った。

「お前《まえ》ら、俺《おれ》の彼女《かのじょ》のこと困《こま》らせるなよ」

「え……」

蒼《あおい》くんの言葉《ことば》に、私《わたし》は思《おも》わず口《くち》を押《お》さえた。

今《いま》、私《わたし》のこと「彼女《かのじょ》」って言《い》った……？

でも、おどろいているのは私《わたし》だけみたいで、教室《きょうしつ》の中《なか》の男子《だんし》たちは当《あ》たり前《まえ》のように笑《わら》っていた。

「おー、言《い》うじゃん」

「なにカッコつけてんだよ」

「うっせー」

それだけ言《い》うと、蒼《あおい》くんは私《わたし》の手《て》を引《ひ》いて教室《きょうしつ》を出《で》たあとドアを閉《し》めてしまった。

中《なか》からは男子《だんし》たちの笑《わら》い声《ごえ》が聞《き》こえてくる。

「あの、よかったの？」

「なにが？」

「お友達《ともだち》と一緒《いっしょ》にいたのに、放《ほう》ってきちゃって」

「あー、別《べつ》に」

どうってことないといわんばかりに、蒼《あおい》くんは手《て》に持《も》っていたカバンを肩《かた》にかけた。

「たいした話《はなし》してなかったし。そっちこそ、資料《しりょう》作《づく》り結構《けっこう》かかってたけど、そんなに大《たい》量《りょう》だったのかよ」

蒼《あおい》くんにたずねられて、私《わたし》はつい苦笑《にがわら》いした。

「すっごくいっぱいあって大変《たいへん》だったの。クラスの人数分《にんずうぶん》資料《しりょう》を作《つく》ったんだけど、いったい何枚重《なんまいかさ》ねるのってぐらい紙《かみ》があって」

「へえ。それは大変《たいへん》だったな」

「うん、私《わたし》ひとりじゃまだ終《お》わってなかったかも。樹《いつき》くんがいてくれて助《たす》かっちゃった」

「……あっそ」

一言《ひとこと》だけつぶやくと、蒼《あおい》くんはスタスタと歩調《ほちょう》を速《はや》める。

その速《はや》さはまるで初《はじ》めて一緒《いっしょ》に並《なら》んで歩《ある》いたときのようで、私《わたし》はあわてて蒼《あおい》くんを追《お》いかける。

「え、あの、どうしたの？」

「なにが」

「急《きゅう》に早歩《はやある》きになったから……。なんか変《へん》なこと言《い》っちゃった？」

不安《ふあん》になってたずねてみるけれど、蒼《あおい》くんは不機嫌《ふきげん》そうな顔《かお》で黙《だま》ったまま歩《ある》き続《つづ》ける。

いったいどうしたんだろう。

しばらくして、しょんぼりと歩《ある》く私《わたし》の耳《みみ》に、蒼《あおい》くんのふてくされたような声《こえ》が届《とど》いた。

「……樹《いつき》が手伝《てつだ》ってくれてよかったな」

「え……」

そんな言《い》い方《かた》を、されたら——

「なんだよ」

「え、あ、えっと、う、ううん！　なんでもない！」

ヤキモチやいてるみたいに聞《き》こえるよ、なんてとてもじゃないけど言《い》えなかった。

でも……

もしかしてって思《おも》うだけで、心臓《しんぞう》の音《おと》がドキドキとうるさく鳴《な》り響《ひび》くのは、どうしてなんだろう。


どうして、といえば——

さわがしい教室《きょうしつ》の中《なか》で、ななめ前《まえ》の席《せき》に座《すわ》った樹《いつき》くんと目《め》が合《あ》った。樹《いつき》くんは笑顔《えがお》で私《わたし》に手《て》を振《ふ》ってくれる。

周《まわ》りの視線《しせん》が気《き》になりつつも、私《わたし》は樹《いつき》くんに手《て》を振《ふ》り返《かえ》した。

ふたりで資料作《しりょうづく》りをしたあの日《ひ》から、どうしてか樹《いつき》くんから話《はな》しかけられることが増《ふ》えた。

前《まえ》から、今《いま》みたいに目《め》が合《あ》うと手《て》を振《ふ》ってくれることはあった。

けれど、目《め》が合《あ》う回数《かいすう》が増《ふ》えたというか。席替《せきが》えをして樹《いつき》くんのななめ後《うし》ろの席《せき》になったからか、よく声《こえ》をかけてくれる。

いったいどうして、と不思議《ふしぎ》に思《おも》いつつも、樹《いつき》くんにとって私《わたし》は弟《おとうと》の彼女《かのじょ》。

だから他《ほか》の子《こ》よりも優《やさ》しくしてくれているのかな、と思《おも》ったりもする。

でも、あんなふうに王子様《おうじさま》みたいな笑顔《えがお》を向《む》けられると、ドキドキして困《こま》っちゃう。

「……はぁ」

私《わたし》は思《おも》わずため息《いき》をつく。

最近《さいきん》、自分《じぶん》の気持《きも》ちがよくわからない。

こうやって樹《いつき》くんに笑《わら》いかけられれば、相変《あいか》わらずドキドキする。

でも、ほんの少《すこ》しだけ蒼《あおい》くんにドキドキしている自分《じぶん》がいることにも気《き》づいていた。

似《に》ているようで全然違《ぜんぜんちが》う、蒼《あおい》くんと樹《いつき》くん。

好《す》きなのはずっと樹《いつき》くんだった。

蒼《あおい》くんには間違《まちが》えて告白《こくはく》してしまっただけ——だったはずなのに。

自分《じぶん》がどうしたいのかわからなくて、嫌《いや》になる。

こんなの、蒼《あおい》くんに対《たい》しても樹《いつき》くんに対《たい》しても失礼《しつれい》だよ。

「はぁ……」

「加納《かのう》さん、どうしたの？」

「え？　って、樹《いつき》くん？」

声《こえ》をかけられて顔《かお》を上《あ》げると、私《わたし》の席《せき》のそばに樹《いつき》くんが立《た》っていた。

「どうしたの……？」

「それは今《いま》、僕《ぼく》が先《さき》に言《い》ったんだよ。ずっとため息《いき》ついてるから、どうかしたのかなって心配《しんぱい》になったんだ」

「あ、ご、ごめん！」

「なんで加納《かのう》さんが謝《あやま》るの？　なにも悪《わる》いことしてないのに」

首《くび》をかしげる樹《いつき》くん。その姿《すがた》に、ついふっと笑《わら》ってしまった。

「加納《かのう》さん？」

突然《とつぜん》笑《わら》った私《わたし》を、樹《いつき》くんは不思議《ふしぎ》そうに見《み》る。

「あ、ごめんなさい。その、似《に》たようなこと蒼《あおい》くんにも言《い》われたなって思《おも》って」

「蒼《あおい》に？」

「うん。だからふたりとも優《やさ》しいなって思《おも》って、なんかうれしくなっちゃったんだ」

へへっと私《わたし》は笑《わら》う。樹《いつき》くんのことだから、「そうかな？」とか「そんなことないよ」とかって優《やさ》しく言《い》ってくれると思《おも》ったんだけど――

「ふーん……」

「樹《いつき》くん……？　あの……」

ほんの一瞬《いっしゅん》だったけど、樹《いつき》くんが少《すこ》しだけ悔《くや》しそうな表情《ひょうじょう》を浮《う》かべたような気《き》がした。

いったいどうして……？

すると私《わたし》の見間違《みまちが》いかと思《おも》うぐらい、樹《いつき》くんはいつも通《どお》りの優《やさ》しい顔《かお》で私《わたし》にたずねた。

「そっか。で、加納《かのう》さんはさっきどうしてため息《いき》をついていたの？」

ため息《いき》をついていた本当《ほんとう》の理由《りゆう》を、樹《いつき》くんに話《はな》すことはできない。

「あの、えっと……そう！　テスト！」

「テスト？　ああ、期末《きまつ》？」

目《め》に入《はい》った、黒板《こくばん》に書《か》かれた『期末《きまつ》テスト範囲《はんい》』の文字《もじ》。

とっさにそれを口《くち》にすると、樹《いつき》くんも黒板《こくばん》を見《み》て納得《なっとく》したようにうなずいた。

「そう。もうすぐ期末《きまつ》テストだから嫌《いや》だなーって思《おも》って」

こんなことでごまかせるだろうかと不安《ふあん》になる。

樹《いつき》くんは、なにかを考《かんが》えるように自分《じぶん》の口元《くちもと》にこぶしを当《あ》てていた。

どうしたんだろう……？

「いつ――」

「ねえ、加納《かのう》さん」

たずねてみようとしたら、樹《いつき》くんの声《こえ》にかき消《け》される。

「一緒《いっしょ》に、期末《きまつ》テストの勉強《べんきょう》しない？」

「え……？」

その言葉《ことば》の意味《いみ》を理解《りかい》するまでに、たっぷり十秒《じゅうびょう》かかってしまった。

「加納《かのう》さん、英語得意《えいごとくい》でしょ？　僕《ぼく》は苦手《にがて》なんだよね。代《か》わりに、加納《かのう》さんが苦手《にがて》な数学《すうがく》は自信《じしん》あるから教《おし》えてあげられると思《おも》うんだ」

どうして私《わたし》が数学《すうがく》を苦手《にがて》なことがバレてるんだろうとか、私《わたし》が樹《いつき》くんを教《おし》えるなんて絶《ぜっ》対無理《たいむり》とかいろいろな気持《きも》ちが頭《あたま》の中《なか》をかけめぐる。

そんなふうにグルグルしているうちに、樹《いつき》くんは話《はなし》を進《すす》めていく。

「そうだなあ、明日《あす》の放課後《ほうかご》とかどう？」

「どうって、え、ええ……？」

教《おし》えられるかどうかも気《き》になるけれど、それよりも大事《だいじ》なことが。

「それって、その、ふたりでってこと……？」

本当《ほんとう》の気持《きも》ちはどうであれ、私《わたし》は蒼《あおい》くんと付《つ》き合《あ》ってる。

それなのに樹《いつき》くんとふたりでっていうのは、たぶんよくない……気《き》がする。

それ以上《いじょう》なんと言《い》っていいかわからず黙《だま》ってしまった私《わたし》に、樹《いつき》くんはふっと笑《わら》って首《くび》を横《よこ》に振《ふ》った。

「まさか。蒼《あおい》も一緒《いっしょ》だよ」

「そっ……か、そうだよね」

私《わたし》はホッとしてちょっぴり笑《わら》う。

少《すこ》し前《まえ》ならきっと、こうやって樹《いつき》くんに誘《さそ》われたらよろこんでいたはずだ。

でも、今《いま》は……

自分《じぶん》の気持《きも》ちなのに、よくわからない。

「それじゃあ蒼《あおい》に……」

「俺《おれ》がどうしたって？」

樹《いつき》くんの後《うし》ろから、蒼《あおい》くんが顔《かお》を出《だ》した。

少《すこ》し寒《さむ》くなってきたっていうのに、学《がく》ランのボタンはひとつもとまっていない。でも、それが蒼《あおい》くんらしいとさえ思《おも》ってしまう。

「なに笑《わら》ってんだよ」

「う、ううん」

少《すこ》しいら立《だ》ったような口調《くちょう》で蒼《あおい》くんが言《い》うので、私《わたし》はあわてて首《くび》を横《よこ》に振《ふ》った。

「ホントに？」

「ホントだよ。えっと……あ、そうだ。今《いま》ね、樹《いつき》くんが一緒《いっしょ》に期末《きまつ》の勉強《べんきょう》をしようって誘《さそ》ってくれて――」

「は？　樹《いつき》が？」

蒼《あおい》くんは樹《いつき》くんをにらみつけるような目《め》を向《む》けながら、空《あ》いている席《せき》に座《すわ》った。

「蒼《あおい》くんも一緒《いっしょ》に、三人《さんにん》でどうかなって」

さっきよりももっと不機嫌《ふきげん》そうになった蒼《あおい》くんを見《み》て、私《わたし》はあわてて付《つ》け加《くわ》えた。

「……それでうれしそうだったのかよ」

「え？　今《いま》、なんて言《い》ったの？」

ボソッと言《い》った蒼《あおい》くんの言葉《ことば》がうまく聞《き》き取《と》れなくてたずねる。

でも、蒼《あおい》くんは教《おし》えてくれないまま、そっぽを向《む》いた。

「ってか、勉強《べんきょう》なら樹《いつき》とやらなくてもふたりでやればいいだろ」

「ふたりって、私《わたし》と蒼《あおい》くんの……？」

「他《ほか》に誰《だれ》がいるっていうんだよ。なに、嫌《いや》なの？」

「そ、そんなことないよ！　嫌《いや》じゃない！」

まさか蒼《あおい》くんが一緒《いっしょ》に勉強《べんきょう》しようなんて言《い》ってくれるとは思《おも》わなかった。

ゲームセンターとか本屋《ほんや》さんとか、放課後《ほうかご》にふたりで出《で》かけたことは何回《なんかい》かあった。

でも、一緒《いっしょ》に勉強《べんきょう》ははじめてだ。

どこか気持《きも》ちがふわふわする私《わたし》を前《まえ》に、少《すこ》しだけ蒼《あおい》くんの表情《ひょうじょう》がやわらかくなった気《き》がした。

「じゃあ……」

蒼《あおい》くんがなにか言《い》おうとした瞬間《しゅんかん》――

「へえ、蒼《あおい》は僕《ぼく》にヤキモチやいてたんだ？」

「なっ」

樹《いつき》くんが、蒼《あおい》くんをからかうように笑《わら》った。

「なに言《い》ってんだよ。そんなわけねえだろ！」

「だって、僕《ぼく》が一緒《いっしょ》だって思《おも》ったから怒《おこ》ってたんでしょ？　それってヤキモチじゃ……」

「別《べつ》に怒《おこ》ってなんてねえって言《い》ってんだよ」

「じゃあ、僕《ぼく》が一緒《いっしょ》に勉強《べんきょう》してもいいよね」

「当《あ》たり前《まえ》だろ！」

普段《ふだん》は温和《おんわ》で優《やさ》しい王子様《おうじさま》みたいな樹《いつき》くんも、蒼《あおい》くんの前《まえ》ではこんな表情《ひょうじょう》を見《み》せるんだ、とつい見入《みい》ってしまう。

「それに」

樹《いつき》くんは蒼《あおい》くんに意地悪《いじわる》い笑顔《えがお》で言《い》う。

「蒼《あおい》じゃあ、わからないところがあっても加納《かのう》さんに教《おし》えてあげられないんじゃない？」

「それ、は」

言《い》い負《ま》かされた蒼《あおい》くんは、舌打《したう》ちをする。

前《まえ》は怖《こわ》かった舌打《したう》ちも、悔《くや》しがってるんだなって思《おも》うと、どこかかわいくさえ思《おも》えるから不思議《ふしぎ》だ。

「笑《わら》うなよ」

「笑《わら》ってないよ。ちなみに、蒼《あおい》くんって得意科目《とくいかもく》はなに？」

期末《きまつ》テストは九教科《きゅうきょうか》もあるし、どれか教《おし》えてもらえたらいいなって思《おも》ったんだけど。

「……体育《たいいく》」

「ふ、ふふ……」

「だから、笑《わら》うなって！」

「ごめ……ふふ、だって……」

保健体育《ほけんたいいく》のテストはあるけれど、たぶんそれが得意《とくい》ってことじゃないよね。

あまりにも蒼《あおい》くんらしくて、笑《わら》いが止《と》まらなくなる。

そんな私《わたし》の正面《しょうめん》で、不服《ふふく》そうに口《くち》をとがらせる蒼《あおい》くんがかわいくて仕方《しかた》がなかった。

「ちょっと笑《わら》いすぎだろ」

「ご、ごめん。えっと、じゃあ球技大会《きゅうぎたいかい》のときは蒼《あおい》くんに練習《れんしゅう》、付《つ》き合《あ》ってもらおうかな」

「言《い》ったな？　ビシバシ鍛《きた》えてやるからな」

にいっと蒼《あおい》くんは笑《わら》う。

私《わたし》はといえば、自分《じぶん》が口走《くちばし》った言葉《ことば》におどろいていた。

今《いま》は十一月《じゅういちがつ》。球技大会《きゅうぎたいかい》があるのは、来年《らいねん》の五月《ごがつ》だ。

そんな先《さき》まで、蒼《あおい》くんと付《つ》き合《あ》っていると私《わたし》は思《おも》ってる。

間違《まちが》って告白《こくはく》しただけだったはずなのに、私《わたし》が好《す》きなのは樹《いつき》くんのはずなのに。

少《すこ》しずつ、自分《じぶん》の気持《きも》ちの変化《へんか》から目《め》がそらせなくなっていた。

10　テスト勉強《べんきょう》と恋心《こいごころ》

「あー！　もう、ちょっと休憩《きゅうけい》！」

「また？　蒼《あおい》はさっきも休《やす》んでたでしょ」

「うるせー」

あきれたような顔《かお》の樹《いつき》くんに言《い》い返《かえ》すと、蒼《あおい》くんはシャープペンシルを机《つくえ》の上《うえ》に放《ほう》り投《な》げ、じゅうたんの上《うえ》に寝転《ねころ》がった。

　ふふっと笑《わら》いながら、私《わたし》は部屋《へや》の中《なか》を見回《みまわ》す。見慣《みな》れない、男《おとこ》の子《こ》の部屋《へや》……

私《わたし》は今《いま》、蒼《あおい》くんと樹《いつぎ》くんの家《いえ》に来《き》ている。昨日《きのう》の約束通《やくそくどお》り、三人《さんにん》でテスト勉強《べんきょう》をするために。

　ちなみに今《いま》いるのは樹《いつき》くんの部屋《へや》。最初《さいしょ》は蒼《あおい》くんの部屋《へや》でするはずだったんだけど、あまりにも散《ち》らかっていて、樹《いつき》くんからダメ出《だ》しされたんだ。

　それで、代《か》わりに樹《いつき》くんの部屋《へや》で勉強《べんきょう》することになった。きちんと片付《かたづ》いた部屋《へや》は蒼《あおい》くんと対照的《たいしょうてき》……というか、私《わたし》の部屋《へや》よりきれいかもしれない。

　長方形《ちょうほうけい》のテーブルをはさんで私《わたし》の向《む》かいに樹《いつき》くんが、その左側《ひだりがわ》に蒼《あおい》くんが座《すわ》っていた。

「加納《かのう》さんは？　疲《つか》れてない？　大丈夫《だいじょうぶ》？」

　樹《いつき》くんはテーブルの向《む》かい側《がわ》から、私《わたし》を気《き》づかうようにたずねる。

「うん、大丈夫《だいじょうぶ》だよ。まだ始《はじ》めたばかりだしね」

「なんだよ、それじゃあ俺《おれ》がひとりだけサボってるみたいじゃん」

「みたい、じゃなくて、実際《じっさい》そうなんだよ」

　不服《ふふく》そうな表情《ひょうじょう》を浮《う》かべる蒼《あおい》くんに、樹《いつき》くんはため息《いき》をついた。

「なにかおやつでも持《も》ってくるよ。加納《かのう》さん、苦手《にがて》なものとかある？」

「ううん、なんでも大丈夫《だいじょうぶ》。ありがとう」

首《くび》を横《よこ》に振《ふ》る私《わたし》に、樹《いつき》くんはにっこり笑《わら》って部屋《へや》を出《で》て行《い》った。

途中《とちゅう》になっていた問題《もんだい》を解《と》いていると、私《わたし》の左手側《ひだりてがわ》に寝転《ねころ》がった蒼《あおい》くんがこちらを向《む》いた。

「なあ」

「どうしたの？」

「……樹《いつき》とふたりがよかったのか？」

「え……？」

一瞬《いっしゅん》、蒼《あおい》くんの言《い》った言葉《ことば》の意味《いみ》がわからなかった。どうして、そんなこと……

「な、んで？　私《わたし》は……」

「……まあ、樹《いつき》のほうが成績《せいせき》いいしな。俺《おれ》と勉強《べんきょう》したって教《おし》えてやれることなんてなにもないし」

「あ……」

そういう意味《いみ》だったんだ、と安心《あんしん》した。

もしかして私《わたし》が樹《いつき》くんを好《す》きだったことが蒼《あおい》くんにバレちゃったのかと思《おも》って、ビックリしてしまった。

「……そんなことないよ」

私《わたし》は小《ちい》さく深呼吸《しんこきゅう》をすると、蒼《あおい》くんに言《い》った。

「そりゃあ、たしかに樹《いつき》くんのほうが成績《せいせき》はいいけど」

「うるせえ」

「さっき蒼《あおい》くんだって言《い》ったじゃん」

わざとらしくふくれっ面《つら》をしてみせる蒼《あおい》くんに笑《わら》ってしまう。

「でも、樹《いつき》くんとふたりきりで勉強《べんきょう》なんてしないよ」

「……なんで？」

蒼《あおい》くんがまっすぐに私《わたし》の目《め》を見《み》つめる。答《こた》えがわかっていて、でもあえて私《わたし》に言《い》わせようとしているみたいだ。

恥《は》ずかしさで、ギュッとにぎりしめた手《て》の中《なか》で汗《あせ》をかいているのがわかる。

「ねえ、なんで？」

逃《に》がさないとでも言《い》うかのように、蒼《あおい》くんはもう一度《いちど》だまったままの私《わたし》に問《と》いかけた。

「……蒼《あおい》くんと付《つ》き合《あ》ってるのに、彼氏《かれし》がいるのに、他《ほか》の人《ひと》とふたりきりになるのはルール違反《いはん》、でしょ？」

私《わたし》の答《こた》えに、蒼《あおい》くんはどこか不満《ふまん》そうな顔《かお》をする。

「まどろっこしい。バカな俺《おれ》にもわかるように、もっとわかりやすく言《い》って」

「〜〜っ。蒼《あおい》くんの彼女《かのじょ》だからだよ！　もう！」

「顔《かお》、真《ま》っ赤《か》だけど？」

「誰《だれ》のせいだと思《おも》ってるの！」

いたずらっ子《こ》のように蒼《あおい》くんは笑《わら》う。私《わたし》は熱《あつ》くなってる頬《ほお》を両手《りょうて》で隠《かく》すように包《つつ》むと、わざと頬《ほお》を膨《ふく》らませた。

でも、笑《わら》っている蒼《あおい》くんにつられて私《わたし》も笑顔《えがお》になる。

間違《まちが》いから始《はじ》まった関係《かんけい》だけど、こうやって今《いま》、笑《わら》い合《あ》っているのが蒼《あおい》くんでよかった。

そう思《おも》えるぐらいには、たぶんきっと、蒼《あおい》くんを好《す》きになりはじめていた。

二時間《にじかん》ほど勉強《べんきょう》をして、私《わたし》は蒼《あおい》くんたちの家《いえ》をあとにした。

蒼《あおい》くんが送《おく》っていくと言《い》ってくれたけど、テスト勉強《べんきょう》の邪魔《じゃま》をしたくなくて断《ことわ》った。

それに、少《すこ》しだけひとりで歩《ある》きたかった。

自分《じぶん》の中《なか》の気持《きも》ちの変化《へんか》を、ゆっくりと受《う》け止《と》めたかったから。

「あ、この公園《こうえん》って……」

蒼《あおい》くんたちの家《いえ》から少《すこ》し歩《ある》いたところに、タコの滑《すべ》り台《だい》がある公園《こうえん》を見《み》つけた。

前《まえ》にふたりで話《はな》したときに、小《ちい》さい頃《ころ》この公園《こうえん》でよく遊《あそ》んだと言《い》っていたのを思《おも》い出《だ》す。

タコの滑《すべ》り台《だい》の上《うえ》から後《うし》ろ向《む》きに滑《すべ》ろうとして、樹《いつき》くんにすっごく怒《おこ》られたって言《い》ってたっけ。その様子《ようす》を想像《そうぞう》して、ふふっと笑《わら》ってしまう。

小学生《しょうがくせい》の頃《ころ》の蒼《あおい》くんも、きっと今《いま》と変《か》わらずに——ううん、今《いま》よりももっとやんちゃだったのかもしれない。

「いいなぁ」

私《わたし》もふたりと同《おな》じ小学校《しょうがっこう》だったら、一緒《いっしょ》に遊《あそ》べたかもしれない。そうしたらもっと早《はや》く、仲良《なかよ》くなれたのに。

……違《ちが》う、一緒《いっしょ》の小学校《しょうがっこう》だったとしても、たぶん私《わたし》はふたりに声《こえ》をかけることもできなくて、遠《とお》くからこっそり見《み》ているだけだっただろうなぁ。

そう思《おも》うと中学校《ちゅうがっこう》からでよかったのかも。

でも……

「このままじゃ、ダメだよね」

ちゃんと話《はなし》をしたい。始《はじ》まりがどうであれ、今《いま》の私《わたし》が蒼《あおい》くんのことをどう思《おも》っているのかをきちんと説明《せつめい》したい。

そうじゃないと、私《わたし》はいつまでも秘密《ひみつ》をかかえたまま蒼《あおい》くんと付《つ》き合《あ》っていることになってしまう。だから――

「なにがダメなの？」

「え？」

ひとりごとだったはずなのに問《と》いかけられて、私《わたし》はあわてて振《ふ》り返《かえ》った。

「樹《いつき》くん？　え、どうして？」

「これ、加納《かのう》さんのでしょ？」

樹《いつき》くんが持《も》っていたのは、私《わたし》の数学《すうがく》のノートだ。

「あれ？　なんで、これ……」

「僕《ぼく》の部屋《へや》に忘《わす》れてたよ。家《いえ》で使《つか》うかもしれないと思《おも》ってさ」

「わ、ごめんね。ありがとう！」

ノートを受《う》け取《と》りながら、ふと疑問《ぎもん》が浮《う》かび上《あ》がる。

どうしてわざわざ樹《いつき》くんが持《も》ってきてくれたんだろう。

樹《いつき》くんの部屋《へや》に忘《わす》れてたから、樹《いつき》くんが見《み》つけてくれたのはわかる。

でも、それなら――

「どうして、蒼《あおい》じゃなくて僕《ぼく》が持《も》ってきたんだろって思《おも》ってる？」

「えっと……」

考《かんが》えていることを言《い》い当《あ》てられて、私《わたし》は苦笑《にがわら》いする。

「蒼《あおい》、普段《ふだん》しない勉強《べんきょう》なんてしたもんだから、疲《つか》れてすぐに寝《ね》ちゃったんだ」

「ああ、それで……」

「あと近《ちか》くの本屋《ほんや》に用《よう》があったから、それなら僕《ぼく》が持《も》っていこうかなって思《おも》って。迷惑《めいわく》だったかな？」

申《もう》し訳《わけ》なさそうな顔《かお》をする樹《いつき》くんに、私《わたし》はあわてて首《くび》を横《よこ》に振《ふ》った。

「ううん、そんなことないよ！　わざわざ持《も》ってきてもらってごめんね」

樹《いつき》くんが親切《しんせつ》でしてくれたことを疑問《ぎもん》に思《おも》うなんて、失礼《しつれい》だったよね……！

必死《ひっし》に謝《あやま》る私《わたし》に、樹《いつき》くんはいつもと同《おな》じ優《やさ》しい笑《え》みを向《む》けてくれた。

「本屋《ほんや》、あっちなんだ。途中《とちゅう》まで一緒《いっしょ》に行《い》ってもいいかな？」

「あ……」

ふたりきりにならないっていう、さっきの蒼《あおい》くんとの会話《かいわ》を思《おも》い出《だ》して、少《すこ》しためらう。

でも、同《おな》じ方向《ほうこう》なのに断《ことわ》るのもおかしいよね。しかも、私《わたし》の忘《わす》れ物《もの》を持《も》ってきてくれたっていうのに。

「ダメなら……」

「ううん、大丈夫《だいじょうぶ》。一緒《いっしょ》に行《い》こっ」

私《わたし》の言葉《ことば》に、樹《いつき》くんはうれしそうにうなずいた。

本屋《ほんや》さんまでの道《みち》の途中《とちゅう》、私《わたし》たちはいろいろな話《はなし》をした。

樹《いつき》くんは私《わたし》に合《あ》わせてくれてるのか、ゆっくり歩《ある》いてくれる。

優《やさ》しい笑《え》みを私《わたし》に向《む》けてくれる。

前《まえ》までならきっと、どれもとてもうれしくてドキドキしたはずなのに、今《いま》は違《ちが》う。

やっぱり私《わたし》、蒼《あおい》くんのほうが、気《き》になってる。


「――あ、ここかな？」

公園《こうえん》から少《すこ》し歩《ある》いたところに、小《ちい》さな本屋《ほんや》さんがあるのが見《み》えた。

隣《となり》を歩《ある》く樹《いつき》くんに声《こえ》をかけると、なぜか少《すこ》しだけ残念《ざんねん》そうに肩《かた》をすくめた。

「あーあ、もう本屋《ほんや》に着《つ》いちゃった」

「え……？」

「なんでもないよ。今日《きょう》は付《つ》き合《あ》ってくれてありがとう」

「あ、ううん、私《わたし》のほうこそ勉強教《べんきょうおし》えてくれてありがとう」

さっきの樹《いつき》くんの言葉《ことば》がちょっと気《き》になって、でも聞《き》くことなんてできるわけがない。

とにかくここから離《はな》れようと、私《わたし》は樹《いつき》くんに手《て》を振《ふ》った。

「それじゃ、またね」

「……うん、またね」

何事《なにごと》もなかったかのように樹《いつき》くんはほほ笑《え》む。

きっと聞《き》き間違《まちが》いだよね。うん、きっとそうだ。

うなずきながら歩《ある》き出《だ》した私《わたし》は――なんとなく、本当《ほんとう》になんとなく後《うし》ろを見《み》た。

すると、そこには私《わたし》をジッと見《み》つめたまま立《た》っている樹《いつき》くんがいた。

そんなわけがない――そう思《おも》いつつも急《いそ》いで前《まえ》を向《む》いた私《わたし》は、もう振《ふ》り返《かえ》ることなく足《あし》早《ばや》に自宅《じたく》への道《みち》のりを歩《ある》いた。

11 間違《まちが》いの告白《こくはく》

蒼《あおい》くんへの気持《きも》ちと、樹《いつき》くんの行動《こうどう》の意味《いみ》を考《かんが》えながら受《う》けた期末《きまつ》テストは、散々《さんざん》な結《けっ》果《か》に終《お》わった。

「はぁ……」

ふたりとテスト勉強《べんきょう》をした日《ひ》から一週間《いっしゅうかん》が経《た》った。

全教科《ぜんきょうか》のテストが返却《へんきゃく》された日《ひ》の放課後《ほうかご》、私《わたし》は坂井先生《さかいせんせい》から職員室《しょくいんしつ》に呼《よ》び出《だ》された。

「このままだと志望校《しぼうこう》へは行《い》けないぞ」とか「気《き》がゆるんでるんじゃないか」とか言《い》われ、しょんぼりしながら私《わたし》は蒼《あおい》くんが待《ま》ってくれている教室《きょうしつ》へと向《む》かう。

言《い》われたことは全部正《ぜんぶただ》しくて、だからこそ余計《よけい》に落《お》ち込《こ》んでしまっていた。

「あ、凛《りん》！　先生《せんせい》の話《はなし》は終《お》わったの？」

廊下《ろうか》で呼《よ》び止《と》められて振《ふ》り返《かえ》ると、結月《ゆづき》が手《て》を振《ふ》っていた。

「終《お》わったけど……すっごく怒《おこ》られちゃった」

「そっかぁ。そんなにテストの成績悪《せいせきわる》かったの？」

「今《いま》までで一番悪《いちばんわる》かった……」

また思《おも》い出《だ》して気持《きも》ちが沈《しず》んでしまう。

こんな点数《てんすう》を見《み》せたら、お母《かあ》さんとお父《とう》さん、なんて言《い》うかな……

「それは厳《きび》しいね……。テスト範囲間違《はんいまちが》えたとか？」

「そうじゃないけど」

「じゃあ、樹《いつき》くんたちのこと？」

結月《ゆづき》に言《い》い当《あ》てられて口《くち》ごもってしまう。

あの日《ひ》から、樹《いつき》くんを好《す》きだった気持《きも》ちと、蒼《あおい》くんを気《き》になっている気持《きも》ちで心《こころ》の中《なか》がぐちゃぐちゃになっていた。

テスト勉強《べんきょう》に集中《しゅうちゅう》しなくちゃって思《おも》うのに、気《き》づけばふたりのことを——ううん、蒼《あおい》くんのことを考《かんが》えていた。

「これからどうしたいか、一度《いちど》ゆっくり考《かんが》えてみてもいいんじゃないかな」

「どうしたいか……？」

私《わたし》は不安《ふあん》そうな声《こえ》で聞《き》き返《かえ》す。

廊下《ろうか》の壁《かべ》にもたれかかると、結月《ゆづき》は明《あか》るく言《い》った。

「そう。いつまでも間違《まちが》った状態《じょうたい》のままでいるわけにもいかないでしょ。これからどうするのか、真剣《しんけん》に考《かんが》えてみたら？」

「それは……」

「この先《さき》どんどんテストの成績《せいせき》が落《お》ちていっても困《こま》るんじゃない？」

結月《ゆづき》の言葉《ことば》があまりにも正論《せいろん》すぎて、私《わたし》はなにも言《い》えなかった。

まだ用《よう》があるから、と去《さ》って行《い》く結月《ゆづき》に手《て》を振《ふ》ると、私《わたし》はふたたび自分《じぶん》の教室《きょうしつ》へと向《む》かう。

先生《せんせい》に言《い》われたこと、結月《ゆづき》に言《い》われたこと、考《かんが》えなきゃいけない問題《もんだい》はたくさんある。

でも……今《いま》すぐすべてを解決《かいけつ》するなんてできない。

こんな日《ひ》は、お気《き》に入《い》りのアイスでも買《か》って気分転換《きぶんてんかん》しよう。

それからテストで間違《まちが》えていたところを、解《と》き直《なお》してみよう。

そのあとで、ひとつずつじっくり考《かんが》えていけばいい。

「うん、そうしよう」

手《て》を胸《むね》の前《まえ》でギュッとにぎりしめ、小《ちい》さくうなずくと、ちょっとだけ気持《きも》ちが前向《まえむ》きになった気《き》がした。

廊下《ろうか》をペタペタと歩《ある》き、私《わたし》は自分《じぶん》の教室《きょうしつ》の前《まえ》で立《た》ち止《ど》まるとドアに手《て》をかけた。

すると――

「で？　あの子《こ》どうなの？」

「どうってなにが」

「いや、別《わか》れないからさ。なに？　気《き》に入《い》っちゃった？」

「そんなんじゃねえよ。付《つ》き合《あ》ってそんなすぐにフれないだろ」

「蒼《あおい》くんやっさしー」

教室《きょうしつ》の中《なか》から、ゲラゲラと笑《わら》う声《こえ》が聞《き》こえてくる。

けれど、私《わたし》の頭《あたま》の中《なか》ではさっきの蒼《あおい》くんの言葉《ことば》がぐるぐると回《まわ》っていた。

そんなすぐにフれないだろってどういうこと……？　今《いま》、この人《ひと》たちはいったいなんの話《はなし》をしてるの？

ドアに手《て》をかけたまま、私《わたし》は動《うご》けなくなる。

「にしてもさ」

私《わたし》が聞《き》いていることなんて気《き》づかないまま、男子《だんし》たちの馬鹿《ばか》にしたような話《はな》し声《ごえ》は続《つづ》く。

「偶然《ぐうぜん》いい雰囲気《ふんいき》になっただけで告白《こくはく》するなんてな」

「あの子《こ》、おとなしそうだから絶対告白《ぜったいこくはく》しないと思《おも》ったのに。くっそー」

「だから言《い》っただろ？　この学校《がっこう》の女子《じょし》の大半《たいはん》はこいつら兄弟《きょうだい》のことが好《す》きなんだから。告《こく》るに決《き》まってるって。賭《か》けは俺《おれ》と蒼《あおい》の勝《か》ちだったな」

賭《か》け……？　賭《か》けってどういうこと？

「あ、そろそろ帰《かえ》ってくる頃《ころ》か？　んじゃ、俺《おれ》ら先《さき》に帰《かえ》るわ」

「彼女《かのじょ》ちゃんによろしくなー」

ここにいたらダメ。そう思《おも》うのに、どうしても足《あし》が動《うご》かない。

立《た》ち尽《つ》くしたままの私《わたし》の目《め》の前《まえ》で、教室《きょうしつ》のドアが開《ひら》いた。

「うわっ」

「なに……って、あんた」

私《わたし》の姿《すがた》を見《み》て、蒼《あおい》くんが呆然《ぼうぜん》としているのがわかった。

でもそれよりもなによりも、気《き》づいてしまった。

付《つ》き合《あ》いはじめて一《いっ》ヶ月経《げつた》つのに、一度《いちど》も名前《なまえ》を呼《よ》ばれたことがないことに。蒼《あおい》くんは、いつだって私《わたし》を呼《よ》ぶときは「あんた」と呼《よ》んでいた。

それはきっと本当《ほんとう》の彼女《かのじょ》じゃ、ないから。

「いつから、そこに？」

「……ちょっと前《まえ》に、職員室《しょくいんしつ》から戻《もど》ってきて」

「そっか。んじゃ、帰《かえ》ろうぜ。久《ひさ》しぶりにゲーセンでも行《い》くか？　テスト期間中《きかんちゅう》は行《い》けなかったし」

蒼《あおい》くんはいつもより少《すこ》しだけ早口《はやくち》で話《はな》し続《つづ》ける。

まるで私《わたし》をしゃべらせないように。

「ねえ、蒼《あおい》くん」

「あ、それよりクレープ食《く》いに行《い》く？　なんか、女子《じょし》が学校《がっこう》の近《ちか》くにうまいところが——」

「蒼《あおい》くんってば！」

大《おお》きな声《こえ》で言葉《ことば》をさえぎると、蒼《あおい》くんは気《き》まずそうな表情《ひょうじょう》をして私《わたし》から顔《かお》をそむけた。

「……なんだよ」

「賭《か》けって、なに……？」

「それ、は……」

蒼《あおい》くんは口《くち》ごもる。

さっきまで教室《きょうしつ》にいた男子《だんし》たちは、私《わたし》たちの様子《ようす》を見《み》てあわてたように去《さ》って行《い》った。

残《のこ》されたのは私《わたし》と蒼《あおい》くんのふたりだけ。

「私《わたし》が告白《こくはく》するか、賭《か》けてたの……？」

「……」

「おもしろかった……？」

「ちがっ……！」

無意識《むいしき》のうちに、頬《ほお》を涙《なみだ》が伝《つた》い落《お》ちていく。

そんな私《わたし》の顔《かお》を見《み》て、蒼《あおい》くんは黙《だま》ってしまう。

それがなによりの答《こた》えだった。

「さいてーだよ……」

次《つぎ》から次《つぎ》へとあふれてくる涙《なみだ》を、制服《せいふく》のそでてぬぐう。

すると、蒼《あおい》くんはポツリとつぶやいた。

「……あんただって」

「え？」

顔《かお》を上《あ》げると、蒼《あおい》くんはあざわらうように口《くち》の端《はし》を上《あ》げてみせた。

その顔《かお》は怒《おこ》っているようにも、そして傷《きず》ついているようにも見《み》えるのはなぜだろう。

「俺《おれ》と樹《いつき》のこと、間違《まちが》えて告白《こくはく》したくせに」

「しっ……てた、の」

知《し》っててオッケーして、樹《いつき》くんに付《つ》き合《あ》ってるってわざと言《い》ったの？

なんで、そんなこと……

「あーあ、これまでだな。まあ、楽《たの》しい暇《ひま》つぶしにはなったよ」

もう話《はなし》は終《お》わりだというように、蒼《あおい》くんは笑《わら》いながら言《い》った。

「……っ」

「じゃあな、凜《りん》」

蒼《あおい》くんは私《わたし》の隣《となり》を通《とお》り過《す》ぎると、教室《きょうしつ》を出《で》て行《い》った。

残《のこ》された私《わたし》はその場《ば》に座《すわ》り込《こ》む。

「はじめて、名前《なまえ》、呼《よ》ばれたのに」

無感情《むかんじょう》のまま冷《つめ》たく呼《よ》ばれた名前《なまえ》は、なぜかひどく悲《かな》しく聞《き》こえた。

12 最初《さいしょ》からやり直《なお》し？

昨日《きのう》はいったいどうやって家《いえ》に帰《かえ》ってきたのか、あまり記憶《きおく》がない。

泣《な》きじゃくった目《め》ははれていて、全身《ぜんしん》がどこか重《おも》い。

それでもなんとか身体《からだ》を引《ひ》きずるようにして家《いえ》を出《で》た。

「……いない、よね」

玄関《げんかん》を出《で》たところのフェンスに、昨日《きのう》までは毎朝蒼《まいあさあおい》くんの姿《すがた》があった。

私《わたし》が出《で》る少《すこ》し前《まえ》に来《き》ていたのか、『おせぇよ』と言《い》いながらも、いつだって待《ま》っててくれていた。

でも、今日《きょう》は……今日《きょう》からはいないんだ。

「って、別《べつ》にそれが普通《ふつう》だし」

いなくてさびしいとか思《おも》ってるわけじゃない。

ただ、あまりにも一緒《いっしょ》に学校《がっこう》へ行《い》くのが当《あ》たり前《まえ》になってしまっていたから、変《へん》な感《かん》じがするだけだ。

私《わたし》は久《ひさ》しぶりにひとりで学校《がっこう》までの道《みち》のりを歩《ある》く。

「あれ？　あの子《こ》って」

「もしかして……」

大通《おおどお》りに出《で》た瞬間《しゅんかん》、こちらを見《み》てヒソヒソと話《はな》す声《こえ》があちらこちらから聞《き》こえはじめた。

そのどれにも気《き》づかないふりをして必死《ひっし》に歩《ある》く。

でも、通学路《つうがくろ》のそれがまだマシなものだったと気《き》づくのは教室《きょうしつ》に入《はい》ってからだった。

私《わたし》がひとりで登校《とうこう》したという話《はなし》は、あっという間《ま》に学校中《がっこうじゅう》に広《ひろ》まっていたのだ。

もちろんクラスの女子《じょし》たちにも。

「だーから言《い》ったじゃん、蒼《あおい》たち別《わか》れたって。なんで信《しん》じてくれなかったんだよ」

「ごめんって。また適当《てきとう》なこと言《い》ってるんだと思《おも》ったの。でも加納《かのう》さんがひとりで登校《とうこう》してきたってことは、本当《ほんとう》に……」

「本当《ほんとう》にってなんだよ、それ！　ひでーな。俺《おれ》はちゃんと蒼《あおい》から『加納《かのう》とは別《わか》れた』って聞《き》いたんだからな」

「はいはい。わかった、わかった」

「返事《へんじ》が適当《てきとう》！　ひでー！」

教室《きょうしつ》の真《ま》ん中《なか》で、机《つくえ》の上《うえ》に座《すわ》った男子《だんし》が大《おお》げさに言《い》う。

教卓《きょうたく》の周《まわ》りに集《あつ》まっていた浅田《あさだ》さんたちは、私《わたし》の姿《すがた》を見《み》るなりクスクスと笑《わら》いながら話《はな》しはじめた。

「ほら、絶対《ぜったい》フラれると思《おも》った」

「そもそも釣《つ》り合《あ》ってなかったし」

「自分《じぶん》の顔《かお》を見《み》てから告《こく》れって感《かん》じだよねー」

自分《じぶん》の席《せき》に行《い》くためには、どうしてもその前《まえ》を通《とお》らなくちゃいけない。

うつむいたまま浅田《あさだ》さんたちの前《まえ》を通《とお》り過《す》ぎると、「はあ？」という声《こえ》が聞《き》こえた。

「無視《むし》するつもり？」

「耳《みみ》ないんですかー？」

「ないのは脳《のう》みそかもよ？　あったら加納《かのう》さんレベルで蒼《あおい》くんと付《つ》き合《あ》おうなんて思《おも》わないじゃん。あっ、もうフラれたからいっか」

なにが楽《たの》しいのかわからないけれど、あからさまに私《わたし》を指《ゆび》さしながら笑《わら》う浅田《あさだ》さんたちにはなにも反応《はんのう》しないで、自分《じぶん》の席《せき》に座《すわ》った。

思《おも》わずため息《いき》をつくと、前《まえ》の席《せき》にいる結月《ゆづき》が振《ふ》り返《かえ》る。

「……大丈夫《だいじょうぶ》？」

「うん……」

「昨日《きのう》のメッセージで別《わか》れたって聞《き》いたけど、結構落《けっこうお》ち込《こ》んでるんじゃない？」

「平気《へいき》だよ。ただ、ちょっとまだ気持《きも》ちがついていってなくて」

「そっか。……でも、よかったじゃん。これで樹《いつき》くんにちゃんと告白《こくはく》できるよ」

「え？」

結月《ゆづき》の言葉《ことば》にカバンを開《あ》ける手《て》を止《と》めた。

樹《いつき》くんに、告白《こくはく》……？

「む、無理《むり》だよ」

「なんで？　今《いま》なら誤解《ごかい》をといて告白《こくはく》するチャンスじゃん」

「それは、そうかもしれないけど」

「けど？」

結月《ゆづき》の問《と》いかけに私《わたし》は口《くち》をつぐんだ。

だって、私《わたし》の気持《きも》ちは、もう……

なにも言《い》わない私《わたし》に結月《ゆづき》は肩《かた》をすくめると前《まえ》を向《む》いた。

自分《じぶん》でもどうしたらいいか、よくわからない。

「はぁ」

ため息《いき》をついた私《わたし》の耳《みみ》に女子《じょし》の歓声《かんせい》が聞《き》こえてきた。どうやら樹《いつき》くんが教室《きょうしつ》に入《はい》ってきたらしい。

何気《なにげ》なく視線《しせん》をそちらに向《む》けると、樹《いつき》くんと目《め》が合《あ》った。登校《とうこう》してきたはずなのに、カバンを持《も》っていない。どうしたんだろう？

すると、樹《いつき》くんはそのまままっすぐに私《わたし》のもとへと歩《ある》いてくる。

「え？　ええ？」

戸惑《とまど》う私《わたし》をよそに、樹《いつき》くんは私《わたし》の席《せき》の前《まえ》で足《あし》を止《と》めた。

「おはよう、加納《かのう》さん」

「お、おはよう」

「……あとでさ、話《はなし》があるんだけどいいかな」

「え……？」

いいとかダメとか言《い》う前《まえ》に、樹《いつき》くんは優《やさ》しくほほ笑《え》んで自分《じぶん》の席《せき》に行《い》ってしまう。

「どういうこと……？」

思《おも》わずつぶやくと、結月《ゆづき》は顔《かお》だけこちらに向《む》けて小声《こごえ》で言《い》った。

「凜《りん》よりも少《すこ》し前《まえ》に樹《いつき》くんが登校《とうこう》してきたんだけど、浅田《あさだ》さんたちから凜《りん》と蒼《あおい》くんの話《はなし》を聞《き》いたら、血相変《けっそうか》えて教室《きょうしつ》を飛《と》び出《だ》して行《い》ったの」

だからさっき手《て》ぶらだったたんだ、とわかったものの、それ以上《いじょう》にわからないことがある。

「なんで樹《いつき》くんが……？」

血相《けっそう》を変《か》えて飛《と》び出《だ》すようなことがあったのかな。

あの、いつも落《お》ち着《つ》いていて優《やさ》しい樹《いつき》くんに？

不思議《ふしぎ》に思《おも》う私《わたし》に、結月《ゆづき》は首《くび》をかしげた。

「さあ？　でも私《わたし》はあれ、蒼《あおい》くんのところに行《い》ったんじゃないかって思《おも》ったんだけど」

「蒼《あおい》くんの？」

「そ。運動場《うんどうじょう》にいる蒼《あおい》くんに真相《しんそう》をたしかめに、ね。凜《りん》と蒼《あおい》くんが別《わか》れた話《はなし》の」

そんなこと、あるのだろうか。

だって樹《いつき》くんにとって私《わたし》はただのクラスメイトでしかなくて。たしかに『蒼《あおい》くんの彼女《かのじょ》だった子《こ》』だから、気《き》にかけてくれたのかもしれないけど……

「信《しん》じられないって顔《かお》、してるね」

「だって」

「あとで話《はなし》するんでしょ？　そのとき聞《き》いてみたら？」

聞《き》いてみたら、って言《い》われても。

「まあ、聞《き》けたら、ね」

きっと聞《き》けないだろうなと思《おも》いながらも、私《わたし》は結月《ゆづき》にごまかすように返事《へんじ》をする。

それから、好奇心《こうきしん》と悪意《あくい》が向《む》けられる教室《きょうしつ》を見渡《みわた》したけれど、まだ蒼《あおい》くんの姿《すがた》はその中《なか》になかった。

13　好《す》きな人《ひと》からの告白《こくはく》

一時間目《いちじかんめ》、二時間目《にじかんめ》と授業《じゅぎょう》が終《お》わるたびに落《お》ち着《つ》かない時間《じかん》をすごしていた。

授業《じゅぎょう》が始《はじ》まるギリギリに教室《きょうしつ》に戻《もど》ってきた蒼《あおい》くんは、一度《いちど》も私《わたし》を見《み》ることはなかった。

賭《か》けの対象《たいしょう》にされていたことがショックで、悲《かな》しくて、つらかった。

でも、すぐに嫌《きら》いになれるほど、私《わたし》の気持《きも》ちは単純《たんじゅん》ではないみたい。

さらに、私《わたし》を落《お》ち着《つ》かない気持《きも》ちにさせる、もうひとり——樹《いつき》くんからは、結局《けっきょく》四時間目《よじかんめ》が終《お》わっても声《こえ》をかけられることはなかった。

そして、昼休《ひるやす》み。

「ごはんを食《た》べ終《お》わったら、ちょっといい？」

自分《じぶん》の席《せき》でお弁当《べんとう》を広《ひろ》げていた私《わたし》に、樹《いつき》くんはそう声《こえ》をかけた。

「う、うん」

「私《わたし》ひとりで食《た》べるから、今《いま》から行《い》ってきてもいいよ？」

「それはダメだよ。ふたりの邪魔《じゃま》はしたくないからさ」

結月《ゆづき》の提案《ていあん》を樹《いつき》くんは優《やさ》しい笑《え》みで断《ことわ》ると、自分《じぶん》のお弁当《べんとう》をかかげて見《み》せた。

「僕《ぼく》、これから視聴覚室《しちょうかくしつ》でごはんなんだ。食《た》べ終《お》わったらそっちに来《き》てくれる？」

「わ、わかった」

「ありがと」

もう一度《いちど》ほほ笑《え》むと、樹《いつき》くんは教室《きょうしつ》をあとにする。

私《わたし》はというと、そのあと食《た》べたお弁当《べんとう》の味《あじ》がまったくわからないぐらい緊張《きんちょう》したまま、いつもの倍《ばい》のスピードで食《た》べ終《お》え、あわてて視聴覚室《しちょうかくしつ》へ向《む》かった。

視聴覚室《しちょうかくしつ》は、私《わたし》たち二年生《にねんせい》の教室《きょうしつ》がある三階《さんかい》の一番奥《いちばんおく》にある。

普段《ふだん》、なかなか入《はい》ることのない部屋《へや》のドアをそっと開《あ》けると、樹《いつき》くんがいた。

「あの……」

「あ、加納《かのう》さん。来《き》てくれたんだね」

こっちこっちと手招《てまね》きをする樹《いつき》くんの隣《となり》の席《せき》に、私《わたし》は座《すわ》った。

こんなふうに並《なら》んで座《すわ》るなんて今《いま》までなかったから、なんだかドキドキしてしまう。

でもそんな緊張《きんちょう》がバレないように、私《わたし》はコホンとせき払《ばら》いをしてから口《くち》を開《ひら》いた。

「えっと、話《はなし》って？」

「うん……。蒼《あおい》からね、聞《き》いたよ。告白《こくはく》のこと」

「え……？」

その言葉《ことば》の意味《いみ》を理解《りかい》するまで、軽《かる》く三十秒《さんじゅうびょう》かかった。

告白《こくはく》のことって、まさか。

「僕《ぼく》に、告白《こくはく》しようとしてくれてたって……本当《ほんとう》？」

そんなことまで蒼《あおい》くんが樹《いつき》くんに話《はな》してしまったなんて、おどろきを隠《かく》せない。

でも、そんなの本人《ほんにん》に言《い》えないよ。

私《わたし》はうなずくことも否定《ひてい》することもできなくて——

けれど、私《わたし》の様子《ようす》を見《み》た樹《いつき》くんは、それを肯定《こうてい》と受《う》け取《と》ったみたいだ。

「蒼《あおい》のことは僕《ぼく》が怒《おこ》ったから」

「怒《おこ》ったって……」

「人《ひと》の気持《きも》ちをもてあそぶようなことはしちゃダメだって。賭《か》けの対象《たいしょう》にするなんてとんでもないって。……特《とく》に、加納《かのう》さんの気持《きも》ちを、だなんて」

樹《いつき》くんは私《わたし》の目《め》をジッと見《み》つめる。その瞳《ひとみ》に吸《す》い込《こ》まれそうになる。

私《わたし》と目《め》を合《あ》わせたまま、樹《いつき》くんは口《くち》を開《ひら》いた。

「ね、さっきの質問《しつもん》の答《こた》え、教《おし》えてよ。僕《ぼく》と間違《まちが》えて告白《こくはく》したって、本当《ほんとう》？」

こうやって見《み》つめられると、なにも隠《かく》せない。

私《わたし》は視線《しせん》を少《すこ》し泳《およ》がせたあと、観念《かんねん》して小《ちい》さくうなずいた。

「うれしい」

「え？」

「……僕《ぼく》、ずっと加納《かのう》さんのことが好《す》きだった」

「う、そ」

「本当《ほんとう》だよ」

樹《いつき》くんは私《わたし》の手《て》をそっとにぎりしめた。そこから心臓《しんぞう》の音《おと》が伝《つた》わってくる。

「信《しん》じてくれた？」

もう一度《いちど》うなずいた私《わたし》に、樹《いつき》くんは優《やさ》しい笑《え》みを浮《う》かべた。

「僕《ぼく》と付《つ》き合《あ》ってほしい」

「……っ」

ずっと好《す》きだった人《ひと》から、まさか告白《こくはく》されるなんて――

でも、なぜか心《こころ》はすっきりしなくて、どこか霧《きり》のかかったような状態《じょうたい》だ。

『凛《りん》』

突然《とつぜん》頭《あたま》の中《なか》で、私《わたし》の名前《なまえ》を呼《よ》ぶ蒼《あおい》くんの声《こえ》が聞《き》こえた。

どうして、今《いま》ここで蒼《あおい》くんのことを思《おも》い出《だ》してしまうんだろう。

「……大丈夫《だいじょうぶ》。誰《だれ》かがなにか言《い》ったとしても、僕《ぼく》が守《まも》るから」

樹《いつき》くんは、私《わたし》が「蒼《あおい》くんと別《わか》れてすぐに樹《いつき》くんに乗《の》り換《か》えた」とうわさされるのを不安《ふあん》がっていると思《おも》ったみたい。

もう一度《いちど》「大丈夫《だいじょうぶ》だから」と言《い》ってほほ笑《え》むと、にぎりしめた手《て》にぎゅっと力《ちから》を込《こ》めた。

「好《す》きな人《ひと》がつらい顔《かお》をしているのが悲《かな》しいんだ」

「樹《いつき》くん……」

「僕《ぼく》に、加納《かのう》さんを守《まも》らせてほしい。……ダメ、かな」

樹《いつき》くんにここまで言《い》われてうれしくない女子《じょし》なんていないるのだろうか。

なにもためらうことなんてない。好《す》きだった人《ひと》が私《わたし》のことを好《す》きだと、守《まも》りたいとまで言《い》ってくれているんだ。

だから、胸《むね》の奥《おく》にほんの少《すこ》しだけ感《かん》じる痛《いた》みは、まるでとげが刺《さ》さったようなわずかな痛《いた》みは気《き》のせいなんだと、そう思《おも》いたい。

「……少《すこ》しだけ、待《ま》ってもらってもいい……？」

「僕《ぼく》じゃ、ダメ？」

「そうじゃないの。そうじゃないんだけど……。間違《まちが》いだったとしても、賭《か》けの対象《たいしょう》にされてたんだったとしても、蒼《あおい》くんと付《つ》き合《あ》っていたのは本当《ほんとう》で。なのに、別《わか》れたからってすぐに全部《ぜんぶ》なかったことには、できないの」

私《わたし》は目《め》を伏《ふ》せると、必死《ひっし》に、でも正直《しょうじき》に今《いま》の気《き》持《も》ちを伝《つた》えていく。

樹《いつき》くんのことが好《す》きだった。

でも、付《つ》き合《あ》ううちに、蒼《あおい》くんにひかれていったのは事実《じじつ》だ。

蒼《あおい》くんにとっては賭《か》けの対象《たいしょう》でしかなかったとしても、私《わたし》の中《なか》に芽生《めば》えはじめていた気《き》持《も》ちを消《け》す時間《じかん》がほしかった。

「そっか……。そうだよね」

私《わたし》の言葉《ことば》に、樹《いつき》くんは少《すこ》しだけ悲《かな》しそうな顔《かお》をする。

「でも、さ」

唇《くちびる》をキュッと噛《か》みしめたあと、樹《いつき》くんはいつもみたいにほほ笑《え》んだ。

「僕《ぼく》から加納《かのう》さんにアタックするのは、いいよね？」

「アタック……？」

意味《いみ》がわからず首《くび》をかしげる私《わたし》に、樹《いつき》くんは満面《まんめん》の笑《え》みを浮《う》かべた。

「蒼《あおい》に遠慮《えんりょ》してた分《ぶん》、いっぱい話《はな》しかけたいし、一緒《いっしょ》に帰《かえ》ったりもしたい。加納《かのう》さんが嫌《いや》じゃなければ、放課後《ほうかご》どこかに遊《あそ》びにも行《い》きたいな」

「私《わたし》なんかと、そんな」

思《おも》わず返事《へんじ》をためらってしまう。だって、樹《いつき》くんはみんなの人気者《にんきもの》だよ？

なのに、私《わたし》となんて……

「私《わたし》なんか、なんて言《い》わないで」

にぎりしめた手《て》にそっと力《ちから》を入《い》れると、樹《いつき》くんは切《せつ》なげな表情《ひょうじょう》を見《み》せる。

「僕《ぼく》は、加納《かのう》さんがいいんだ。加納《かのう》さんと一緒《いっしょ》に過《す》ごしたい」

「い、つきくん」

まっすぐに伝《つた》わってくる樹《いつき》くんの気持《きも》ちに、ドキドキしてしまう。

こんなにも思《おも》ってくれていたなんて知《し》らなかった。

好《す》きな気持《きも》ちが消《き》えたわけじゃない。ずっと、樹《いつき》くんに片思《かたおも》いをしてきたんだもの。

「……ありがとう」

「お礼《れい》なんて言《い》わないで。僕《ぼく》がしたくてするんだから」

ね、と樹《いつき》くんは念押《ねんお》しするように言《い》う。私《わたし》が大好《だいす》きだった、優《やさ》しい笑顔《えがお》で。

14　一緒《いっしょ》にいられることがうれしいんだ

職員室《しょくいんしつ》に用《よう》があるから、という樹《いつき》くんと別《わか》れて教室《きょうしつ》に戻《もど》った。

相変《あいか》わらず浅田《あさだ》さんたちは私《わたし》を見《み》てクスクスと笑《わら》っているけれど、それどころじゃない。

「あ、おかえり。樹《いつき》くんなんだって？」

「う、うん」

席《せき》に着《つ》いた私《わたし》を待《ま》ち構《かま》えていたように振《ふ》り返《かえ》り、結月《ゆづき》は言《い》う。

私《わたし》は手招《てまね》きをして結月《ゆづき》の耳《みみ》に顔《かお》を近《ちか》づける。そして周《まわ》りの子《こ》たちに聞《き》こえない大《おお》きさでささやいた。

「告白《こくはく》、された」

「やったじゃん。で、付《つ》き合《あ》うの？」

「……ううん、少《すこ》し待《ま》ってほしいって伝《つた》えた」

「そっか。まあ別《わか》れたばっかりで付《つ》き合《あ》うのも、ね」

そういう理由《りゆう》ではないけれど、結月《ゆづき》の言《い》うことは間違《まちが》っていない。

周《まわ》りから見《み》たら、今《いま》の私《わたし》は蒼《あおい》くんと別《わか》れたばかり。それなのに、すぐに樹《いつき》くんと付《つ》き合《あ》いはじめました、なんて言《い》ったら……

考《かんが》えただけでゾッとする。

それに――

私《わたし》は誰《だれ》も座《すわ》っていない、蒼《あおい》くんの席《せき》を見《み》る。今日《きょう》はまだ来《き》ていないみたい。

自分《じぶん》の気持《きも》ちがわからないのに、付《つ》き合《あ》うようなことはしたくない。

それが相手《あいて》に対《たい》しても、それから自分《じぶん》に対《たい》しても失礼《しつれい》なことだって、今《いま》の私《わたし》はよくわかっているから。

「でも、よかったね」

「え？」

「樹《いつき》くんが、凜《りん》のこと好《す》きになってくれて」

「あ……」

結月《ゆづき》はまるで自分《じぶん》のことのように喜《よろこ》んでくれる。

そうだよね、ずっと好《す》きだった樹《いつき》くんが、告白《こくはく》してくれたんだもん。

幸《しあわ》せだって、うれしいって思《おも》わないと変《へん》だよね。

だけど、小《ちい》さなとげが胸《むね》の奥《おく》に突《つ》き刺《さ》さったような痛《いた》みは消《き》えない。

しばらくして五時間目《ごじかんめ》のチャイムが鳴《な》る少《すこ》し前《まえ》に、樹《いつき》くんは教室《きょうしつ》に戻《もど》ってきた。

女《おんな》の子《こ》たちに話《はな》しかけられてもにこやかにかわして、自分《じぶん》の席《せき》へと向《む》かう。

「あっ……」

私《わたし》の隣《となり》を通《とお》り過《す》ぎる瞬間《しゅんかん》、ほんの少《すこ》しだけ立《た》ち止《ど》まると、樹《いつき》くんは私《わたし》にほほ笑《え》みかけた。

「うーわー……。幸《しあわ》せそうな顔《かお》、しちゃって」

にやけながら結月《ゆづき》は小《ちい》さな声《こえ》で言《い》う。

「樹《いつき》くん、本当《ほんとう》に凜《りん》のことが好《す》きなんだね。いいじゃない、いろいろあったけど本当《ほんとう》に好《す》きな人《ひと》と両思《りょうおも》いになれて、さ」

「……うん」

うなずく以外《いがい》の回答《かいとう》なんて、できるはずもなかった。


その日《ひ》の帰《かえ》り、ざわつく教室《きょうしつ》で机《つくえ》の中身《なかみ》をカバンに移《うつ》していると、私《わたし》の席《せき》の隣《となり》に誰《だれ》かが立《た》った。

「帰《かえ》る準備《じゅんび》できた？」

「え？」

顔《かお》を上《あ》げると、そこには樹《いつき》くんがいた。

「えっと、うん。終《お》わったよ」

「じゃあ一緒《いっしょ》に帰《かえ》ろ」

その瞬間《しゅんかん》、教室内《きょうしつない》の音《おと》が消《き》え、次《つぎ》に悲鳴《ひめい》がひびきわたった。

「え、どうして？　どうしてそんな子《こ》を誘《さそ》うの？」

「ねえ、樹《いつき》くん。そんな子《こ》と帰《かえ》るぐらいなら私《わたし》たちと帰《かえ》ろうよ。一緒《いっしょ》に帰《かえ》りたかったんだ」

「ごめんね」

樹《いつき》くんはにこやかな笑《え》みを浮《う》かべると、首《くび》を横《よこ》に振《ふ》った。

嫌《いや》な、予感《よかん》がする。

「僕《ぼく》、加納《かのう》さんと帰《かえ》りたいんだ」

その言葉《ことば》に女子《じょし》たちが固《かた》まるのがわかった。

「か、帰《かえ》りたいって……あはは！」

浅田《あさだ》さんは頬《ほお》を引《ひ》きつらせながら、かわいた笑《わら》い声《ごえ》を上《あ》げる。

「そんな言《い》い方《かた》したら、まるで樹《いつき》くんがその子《こ》のことを好《す》き、みたいに勘違《かんちが》いされちゃうよ」

「……なんで？」

不思議《ふしぎ》そうに首《くび》をかしげる樹《いつき》くんを見《み》て、浅田《あさだ》さんが勝《か》ちほこったような笑《え》みを浮《う》かべた。

きっと、樹《いつき》くんは優《やさ》しすぎるから私《わたし》をフォローしているだけだと思《おも》っているんだろう。

私《わたし》に視線《しせん》を向《む》けながら、浅田《あさだ》さんはおかしくて仕方《しかた》がないというように口元《くちもと》を押《お》さえる。

「なんでって……もー樹《いつき》くんったら。その子《こ》のことなんか好《す》きになるわけないっていうのはわかるけど、そんな言《い》い方《かた》したらかわいそうだよ」

「ねー？」と周《まわ》りにいた女子《じょし》たちに同意《どうい》を求《もと》めると、その子《こ》たちも次々《つぎつぎ》とうなずく。

けれど、そんな浅田《あさだ》さんたちに向《む》かって樹《いつき》くんはもう一度《いちど》「なんで？」とたずねると、私《わたし》のほうを向《む》いた。

「僕《ぼく》が加納《かのう》さんを好《す》きだとなにか変《へん》？」

「変《へん》って……え、うそだよね……？」

樹《いつき》くんの背中《せなか》に向《む》けて浅田《あさだ》さんは震《ふる》える声《こえ》で話《はな》しかけるけれど、もう樹《いつき》くんがそちらを見《み》ることはなかった。

自分《じぶん》の席《せき》から立《た》ち上《あ》がった私《わたし》に、樹《いつき》くんは声《こえ》をかける。

「加納《かのう》さん、もう準備《じゅんび》できたよね？　帰《かえ》ろうか」

「あ……」

「ねえ、樹《いつき》くん！」

無視《むし》された浅田《あさだ》さんは、顔《かお》を真《ま》っ赤《か》にして樹《いつき》くんの腕《うで》をつかんだ。

そんな浅田《あさだ》さんを、樹《いつき》くんは困《こま》ったような顔《かお》で見《み》る。

「僕《ぼく》が誰《だれ》を好《す》きだとしても、浅田《あさだ》さんには関係《かんけい》ないことだと思《おも》うよ」

「それ、は、そうだけど」

「でも、気《き》にかけてくれてありがとう。今日《きょう》は加納《かのう》さんに用《よう》があるから一緒《いっしょ》に帰《かえ》るけど、よければまた誘《さそ》ってね」

「……っ、うん！」

樹《いつき》くんにほほ笑《え》まれて、浅田《あさだ》さんは機嫌《きげん》を直《なお》したようだ。

いつも一緒《いっしょ》にいる子《こ》たちのほうに戻《もど》って「用《よう》があるからだって！」「そうじゃなきゃ加《か》納《のう》さんとなんて変《へん》だと思《おも》った！」と笑《わら》っている。

そこまで言《い》われてしまうのか、とつい苦笑《にがわら》いしてしまう私《わたし》を見《み》て、樹《いつき》くんは頭《あたま》を下《さ》げた。

「ごめんね、僕《ぼく》が教室《きょうしつ》で声《こえ》をかけたから」

「そんなこと……！　ね、大丈夫《だいじょうぶ》だから顔《かお》を上《あ》げて？」

「……うん」

顔《かお》を上《あ》げた樹《いつき》くんは、先《さき》ほどまでの浅田《あさだ》さんに向《む》けていた表情《ひょうじょう》とは違《ちが》って、どこかしょんぼりとしている。

「本当《ほんとう》に大丈夫《だいじょうぶ》だから、気《き》にしないでね」

そう言《い》いながら、私《わたし》が気《き》にかかっていたのは浅田《あさだ》さんではなく……いつの間《ま》にか、教室《きょうしつ》からいなくなっていた蒼《あおい》くんのことだった。

聞《き》かれた、かな。

蒼《あおい》くんは、どう思《おも》ったんだろう。

賭《か》けの対象《たいしょう》でしかなかったんだから、蒼《あおい》くんが私《わたし》を好《す》きでもなんでもないことはわかってる。

でも……

「でもさ」

私《わたし》の心《こころ》の中《なか》の声《こえ》と、隣《となり》に立《た》つ樹《いつき》くんの声《こえ》が重《かさ》なった。

樹《いつき》くんを見上《みあ》げると、彼《かれ》ははにかむように笑《わら》っている。

「一緒《いっしょ》に帰《かえ》ろうって誘《さそ》ってもいいんだって思《おも》ったら、我慢《がまん》できなくて」

不意打《ふいう》ちでそんなことを言《い》われるなんて……自分《じぶん》の顔《かお》が熱《あつ》くなっていくのがわかる。

心臓《しんぞう》もドキドキと音《おと》を立《た》てる。

こうやって樹《いつき》くんと過《す》ごす時間《じかん》が増《ふ》えれば、もしかしたら蒼《あおい》くんのことを好《す》きかもと思《おも》った気持《きも》ちを忘《わす》れて、樹《いつき》くんへの想《おも》いを取《と》り戻《もど》せるかもしれない。

そうだ、私《わたし》のことを賭《か》けの対象《たいしょう》にして、男子《だんし》たちと陰《かげ》で笑《わら》っていた蒼《あおい》くんのことなんてさっさと忘《わす》れてしまえばいい。

忘《わす》れて、それでちゃんと樹《いつき》くんのことを好《す》きな気持《きも》ちを思《おも》い出《だ》したら、そのときは――

「帰《かえ》ろうか」

「……うん」

ほほ笑《え》みかけてくれる樹《いつき》くんにうなずくと、私《わたし》たちは並《なら》んで教室《きょうしつ》を出《で》た。

蒼《あおい》くんの席《せき》を見《み》ないようにしながら。

15 両思《りょうおも》いのやり直《なお》し

その日《ひ》から私《わたし》は樹《いつき》くんといろんなところに出《で》かけた。

放課後《ほうかご》は図書館《としょかん》や公園《こうえん》に、休《やす》みの日《ひ》には電車《でんしゃ》に乗《の》って水族館《すいぞくかん》や博物館《はくぶつかん》に行《い》った。

どれもとても楽《たの》しくて、なのに心《こころ》の奥《おく》で『蒼《あおい》くんとはこういうところ来《こ》なかったな』と思《おも》ってしまう自分《じぶん》がいた。

教室《きょうしつ》でふとした瞬間《しゅんかん》に蒼《あおい》くんと目《め》が合《あ》うと、胸《むね》の奥《おく》がキュッとなる。話《はな》しかけたくても話《はな》しかけられなくて、他《ほか》の子《こ》と仲良《なかよ》くしているのを見《み》ると苦《くる》しくなる。

すれ違《ちが》うとき、前《まえ》なら笑《わら》いかけてくれたのに、今《いま》は目《め》すら合《あ》わせてくれないのが寂《さび》しくてつらい。

樹《いつき》くんが笑《わら》いかけてくれるたびに、蒼《あおい》くんの姿《すがた》を重《かさ》ねてしまう。

樹《いつき》くんは目《め》の前《まえ》にいる私《わたし》を見《み》てくれているのに、私《わたし》は樹《いつき》くんを通《とお》して蒼《あおい》くんを見《み》ている気《き》がして、そんな自分《じぶん》が嫌《いや》で嫌《いや》で仕方《しかた》がなかった。

「……加納《かのう》さん？」

「あ、えっと、なに？」

「ううん、ボーッとしてたからどうしたのかなって思《おも》って」

心配《しんぱい》そうに私《わたし》の顔《かお》をのぞき込《こ》む樹《いつき》くんに、私《わたし》はあわてて笑顔《えがお》を作《つく》ってみせた。

「ごめん、あまりにもきれいだったから見《み》とれてた」

私《わたし》は目《め》の前《まえ》にある大《おお》きなクリスマスツリーを指《ゆび》さした。

今《いま》私《わたし》たちは、電車《でんしゃ》に乗《の》って少《すこ》し大《おお》きな街《まち》へと向《む》かい、クリスマスマーケットに来《き》ていた。

ここには食《た》べ物《もの》やクリスマス雑貨《ざっか》を売《う》っているたくさんの屋台《やたい》、それから大《おお》きなクリスマスツリーがある。

「これ、思《おも》った以上《いじょう》にすごいよね」

「ね。私《わたし》、こんなに大《おお》きなクリスマスツリーはじめて見《み》たよ！」

「ホント？　やった」

手袋《てぶくろ》をつけた手《て》のひらをぱふっと合《あ》わせると、樹《いつき》くんは顔《かお》をほころばせた。

「はじめて見《み》るのが、僕《ぼく》とでうれしい」

「なっ……」

外《そと》は冷《ひ》え込《こ》んで寒《さむ》いぐらいなのに、樹《いつき》くんのストレートな言葉《ことば》に顔《かお》が熱《あつ》くなっていくのを感《かん》じる。

樹《いつき》くんはいつだってそう。たくさんの言葉《ことば》で、自分《じぶん》の気持《きも》ちを伝《つた》えてくれる。

ぶっきらぼうで口《くち》が悪《わる》くて、黙《だま》ってるとなにを考《かんが》えているのかわからない蒼《あおい》くんとは大《おお》違《ちが》い……。

また、だ。

私《わたし》はいつまで蒼《あおい》くんのことを考《かんが》えてしまうんだろう。

忘《わす》れてしまいたいのに。思《おも》い出《だ》したくないのに。

ふとした拍子《ひょうし》に思《おも》い浮《う》かべるのは、蒼《あおい》くんと過《す》ごした楽《たの》しい日々《ひび》ばかり。

いっそ、賭《か》けのことを聞《き》いた悲《かな》しい記憶《きおく》だけを思《おも》い出《だ》して、蒼《あおい》くんのことなんて嫌《きら》いになれればいいのに。

「今《いま》はさ」

黙《だま》ってしまった私《わたし》の隣《となり》で、樹《いつき》くんがポツリとつぶやく。

顔《かお》を向《む》けると、樹《いつき》くんはジッとクリスマスツリーを見上《みあ》げていた。

「今《いま》はまだ、蒼《あおい》と過《す》ごした時間《じかん》のほうが多《おお》いと思《おも》うけど、そのうち蒼《あおい》との思《おも》い出《で》なんかよりも、僕《ぼく》と一緒《いっしょ》に過《す》ごした記憶《きおく》で埋《う》め尽《つ》くしてみせるから」

「樹《いつき》くん……」

「だから、そんな顔《かお》しないで」

こちらを向《む》いた樹《いつき》くんは、悲《かな》しそうな目《め》をして——でも、口元《くちもと》だけはほほ笑《え》んでいた。

いつも笑《え》みを絶《た》やさない樹《いつき》くんに、こんなつらそうな顔《かお》をさせたのは、まぎれもない私《わたし》だ。

「……樹《いつき》くんこそ、そんな顔《かお》、しないで」

無意識《むいしき》のうちに、私《わたし》は右手《みぎて》を樹《いつき》くんに伸《の》ばしていた。

樹《いつき》くんの、手袋越《てぶくろご》しにでもわかるぐらい冷《つめ》たい頬《ほお》に、私《わたし》の手《て》が触《ふ》れる。

「僕《ぼく》、どんな顔《かお》、してる……？」

「泣《な》くのを我慢《がまん》してるみたいな顔《かお》。……私《わたし》、樹《いつき》くんにこんなつらい思《おも》いさせてたんだね」

「……違《ちが》うよ。加納《かのう》さんのせいじゃない」

樹《いつき》くんの左手《ひだりて》が、私《わたし》の手《て》に重《かさ》ねられる。

そのまま、樹《いつき》くんは私《わたし》の手《て》をにぎった。

「……今年《ことし》の春《はる》、私《わたし》がプリントを飛《と》ばしちゃって困《こま》ってたの、覚《おぼ》えてる？」

クリスマスツリーの前《まえ》で手《て》をつないだまま、私《わたし》はあの日《ひ》のことを樹《いつき》くんに話《はな》しはじめる。

私《わたし》が、樹《いつき》くんを好《す》きになった日《ひ》のことを。

「覚《おぼ》えてる。……あの日《ひ》から、僕《ぼく》はずっと加納《かのう》さんのことが好《す》きだったから」

「え……？」

「やっぱりわかってなかった」

樹《いつき》くんは、ふふっと笑《わら》い声《ごえ》をもらした。

「自分《じぶん》のことよりも、人《ひと》のことばっかり気《き》にして。他《ほか》の人《ひと》のために行動《こうどう》できる加納《かのう》さんのことが素敵《すてき》だなって思《おも》った。加納《かのう》さんが他《ほか》の人《ひと》のために動《うご》くなら、僕《ぼく》が加納《かのう》さんのために動《うご》いてあげたいって、そう思《おも》ったんだ」

「うそ……」

そんなふうに思《おも》ってくれてたなんて。

「でも、どうしてそんなことを聞《き》くの？」

樹《いつき》くんは不思議《ふしぎ》そうに言《い》う。

「……私《わたし》も、なの」

これを言《い》えばきっと、あと戻《もど》りはできない。

でも、私《わたし》はもう樹《いつき》くんにあんな顔《かお》をさせたくない。

「あの日《ひ》、助《たす》けてもらってからずっと……樹《いつき》くんのことが、好《す》きでした」

「本当《ほんとう》に……？　あのとき、加納《かのう》さんも……？」

黙《だま》ったままうなずく私《わたし》に、樹《いつき》くんはおどろいたように目《め》を見開《みひら》く。

「一緒《いっしょ》だね」

そう言《い》ってうれしそうにほほ笑《え》んで――

「加納《かのう》さん」

改《あらた》まったように、樹《いつき》くんは私《わたし》の名前《なまえ》を呼《よ》んだ。

なにを言《い》われるのか、わかっている。

それでも私《わたし》は、樹《いつき》くんの言葉《ことば》をさえぎらない。

「加納《かのう》さんのことが、好《す》きです。僕《ぼく》と付《つ》き合《あ》うことで、嫌《いや》な思《おも》いをさせることもあるかと思《おも》う。でも、僕《ぼく》が守《まも》るから。そばにいるから。だから、僕《ぼく》と付《つ》き合《あ》ってください」

もう、答《こた》えは決《き》まっていた。

「はい、よろしくお願《ねが》いします」

隣《となり》に立《た》つ樹《いつき》くんがもっとうれしそうに笑《わら》って、つないだ手《て》にギュッと力《ちから》を込《こ》めたのがわかる。

樹《いつき》くんの笑顔《えがお》を見《み》ていると、私《わたし》までうれしくなる。

だからもう、蒼《あおい》くんのことを思《おも》い出《だ》すのはやめよう。

もともと、私《わたし》が告白《こくはく》したかったのは樹《いつき》くんだったんだもん。

樹《いつき》くんと付《つ》き合《あ》う――これが私《わたし》が望《のぞ》んでいたことで、間違《まちが》いが正《ただ》されただけなんだから。

こんなにも私《わたし》を思《おも》ってくれている人《ひと》が、そばにいるんだから。

16　まさかの交際宣言《こうさいせんげん》

樹《いつき》くんと付《つ》き合《あ》うことになった翌日《よくじつ》、私《わたし》はひとりで学校《がっこう》に向《む》かっていた。

樹《いつき》くんは「朝《あさ》も迎《むか》えに行《い》こうか？」と言《い》ってくれたけど、蒼《あおい》くんのときでさえああだったんだから、樹《いつき》くんと登校《とうこう》なんてしたらもっとさわぎになることは想像《そうぞう》がつく。

だから私《わたし》は樹《いつき》くんに、学校《がっこう》ではなるべく今《いま》まで通《どお》りに過《す》ごしたいとお願《ねが》いした。

樹《いつき》くんも私《わたし》の気持《きも》ちをわかってくれた――はずだった。


帰《かえ》りの会《かい》が終《お》わり、帰《かえ》る準備《じゅんび》をしていると、ひとつ前《まえ》の席《せき》に座《すわ》る結月《ゆづき》が私《わたし》を振《ふ》り返《かえ》った。

「放課後《ほうかご》はどうするの？」

楽《たの》しそうな笑《え》みを浮《う》かべる結月《ゆづき》には、昨日《きのう》の夜《よる》メッセージアプリで樹《いつき》くんと付《つ》き合《あ》うことになったと報告《ほうこく》しておいた。

なのに返事《へんじ》は通話《つうわ》で来《き》て、一時間近《いちじかんちか》く話《はな》し込《こ》んでしまったんだけどね。

「うーん、どうするんだろう。そういえば、なにも聞《き》いてないや」

「えー、なんかちょっとあっさりしてない？　って、まあ向《む》こうがあっさりしてなさそうだからちょうどいいのかもね」

「え？」

結月《ゆづき》が指《ゆび》さすほうを見《み》ると、ちょうど樹《いつき》くんが私《わたし》に近《ちか》づいてくるところだった。

「加納《かのう》さん、帰《かえ》る準備《じゅんび》できた？」

「えっと、うん」

「じゃあ、帰《かえ》ろっか」

樹《いつき》くんは当《あ》たり前《まえ》のように、私《わたし》に手《て》を差《さ》し出《だ》した。

その瞬間《しゅんかん》、教室《きょうしつ》にいる女《おんな》の子《こ》たちが息《いき》をのんだのがわかった。

差《さ》し出《だ》した手《て》が、なにを意味《いみ》するのかわからないわけがない。

この手《て》を取《と》れば、周《まわ》りからどう見《み》られるかなんて——

私《わたし》は無意識《むいしき》のうちに、蒼《あおい》くんの席《せき》を見《み》た。

蒼《あおい》くんはこちらを見《み》つめたかと思《おも》うと、ふいっと顔《かお》をそらし、そのまま教室《きょうしつ》を出《で》て行《い》ってしまった。

思《おも》わず声《こえ》が出《で》そうになった。けれど、視界《しかい》のはしには、笑顔《えがお》で私《わたし》を見《み》る樹《いつき》くんの姿《すがた》が。

こんなにもうれしそうにしている樹《いつき》くんを前《まえ》にして、蒼《あおい》くんに反応《はんのう》するわけにはいかない。

そして、差《さ》し出《だ》された樹《いつき》くんの手《て》を取《と》らないという選択肢《せんたくし》もなかった。

「うん」

「嫌《いや》あああ！」

私《わたし》の返事《へんじ》がかき消《け》されてしまうぐらいの悲鳴《ひめい》が、教室《きょうしつ》にひびいた。

「なっ、なんで!?　どうして、そんな……！」

悲鳴《ひめい》の主《ぬし》は浅田《あさだ》さんだ。

ううん、浅田《あさだ》さんだけじゃない。クラスの女《おんな》の子《こ》のほとんどが、言葉《ことば》を失《うしな》ったり小《ちい》さな悲鳴《ひめい》を上《あ》げたりしていた。

誰《だれ》よりも先《さき》に我《われ》に返《かえ》った浅田《あさだ》さんが、私《わたし》たちのところにまでやってくる。

「樹《いつき》くん！」

「ああ、浅田《あさだ》さん。どうしたの」

「どうしたのって……。い、樹《いつき》くんこそどうしたの？　そんな子《こ》と手《て》なんかつないじゃって……」

浅田《あさだ》さんの言葉《ことば》に、樹《いつき》くんがむっとした顔《かお》をする。

「そんな子《こ》ってどういうこと？」

「だって加納《かのう》さんなんかと手《て》を……。お、おかしいでしょ！」

「なにもおかしくなんてないよ」

樹《いつき》くんが、静《しず》かに怒《おこ》っているのがわかった。

でも、待《ま》って。このままだと、まさか。

「樹《いつき》く――」

「僕《ぼく》、加納《かのう》さんと付《つ》き合《あ》ってるんだ。彼女《かのじょ》と手《て》をつないで帰《かえ》ることに、なにか問題《もんだい》があるかな？」

「そん、な……うそ……」

樹《いつき》くんは私《わたし》の手《て》を取《と》ったまま、くずれ落《お》ちる浅田《あさだ》さんの前《まえ》を通《とお》り過《す》ぎた。

「覚《おぼ》えておきなさいよ」

通《とお》り過《す》ぎるとき、私《わたし》にだけ聞《き》こえるぐらいのトーンで浅田《あさだ》さんがつぶやく。いったい、どういうこと……？

学校《がっこう》を出《で》てしばらく歩《ある》くと、樹《いつき》くんは私《わたし》の手《て》をつないだまま立《た》ち止《ど》まった。

「ごめんね、さっきはあんな感《かん》じで言《い》っちゃって」

「う、ううん。大丈夫《だいじょうぶ》だよ」

なにが大丈夫《だいじょうぶ》なのかわからないけれど、つい「大丈夫《だいじょうぶ》」と言《い》ってしまうのは私《わたし》の悪《わる》いくせだと思《おも》う。

そんな私《わたし》の言葉《ことば》を素直《すなお》に受《う》け取《と》った樹《いつき》くんは、「よかった」とほほ笑《え》んだ。

私《わたし》も笑顔《えがお》を返《かえ》すけれど、さっきの浅田《あさだ》さんの言葉《ことば》を思《おも》い出《だ》して不安《ふあん》になる。

これから、どうなってしまうんだろう。


その不安《ふあん》は、すぐに的中《てきちゅう》した。

翌朝《よくあさ》も、私《わたし》はひとりで学校《がっこう》へと向《む》かった。

樹《いつき》くんは「迎《むか》えに行《い》きたい」と言《い》ってくれたけれど、まだ私《わたし》たちが付《つ》き合《あ》っていることを知《し》らない人《ひと》もいるかもしれないのに、わざわざ見《み》せつけなくてもって思《おも》ったから。

でも、そんなに甘《あま》くないとわかったのは、家《いえ》を出《で》てすぐのことだった。

昨日《きのう》の放課後《ほうかご》のことがうわさ話《ばなし》として一気《いっき》に広《ひろ》まっていたのか、あちこちからジロジロと見《み》られる。

ううん、それだけじゃない。あからさまに私《わたし》を指《ゆび》さしてなにか言《い》っている声《こえ》も聞《き》こえる。

このまま学校《がっこう》に行《い》ったらもっとひどいことになる気《き》がする。

学校《がっこう》に着《つ》いて昇降口《しょうこうぐち》で靴《くつ》を履《は》き替《か》えようとしたら、靴箱《くつばこ》の中《なか》に上靴《うわぐつ》がなかった。

「……はぁ」

なんてわかりやすい嫌《いや》がらせだろう。

私《わたし》は教員用《きょういんよう》のスリッパを借《か》りると、ペタペタと情《なさ》けない足音《あしおと》を立《た》てながら廊下《ろうか》を歩《ある》く。

教室《きょうしつ》に着《つ》いてドアに手《て》をかけたけれど……

怖《こわ》い。開《あ》けたくない。絶対《ぜったい》にまたなにか言《い》われるに決《き》まってる。

でも――

ぎゅっと手《て》のひらをにぎりしめると、私《わたし》は教室《きょうしつ》のドアを開《あ》けた。

その瞬間《しゅんかん》、教室《きょうしつ》の中《なか》が静《しず》かになった。

浅田《あさだ》さんたちは私《わたし》のほうに視線《しせん》は向《む》けるものの、特《とく》になにも言《い》わない。

そっと樹《いつき》くんの席《せき》を見《み》ると、彼《かれ》はまだ来《き》ていないようだった。――もちろん、蒼《あおい》くんの姿《すがた》もない。

「おはよ」

「おはよー」

席《せき》に着《つ》くと、ひとつ前《まえ》の席《せき》に座《すわ》る結月《ゆづき》が振《ふ》り返《かえ》る。

昨日《きのう》、あのあと教室《きょうしつ》はどうだったのか、たずねようと私《わたし》が口《くち》を開《ひら》くよりも早《はや》く、後《うし》ろから結月《ゆづき》を呼《よ》ぶ声《こえ》が聞《き》こえた。

「椎名《しいな》さん、今日日直《きょうにっちょく》でしょ？　先生《せんせい》が日直《にっちょく》呼《よ》んできてって」

「ホント？　ありがとー。……ごめん、ちょっと行《い》ってくるね」

「うん、いってらっしゃい」

申《もう》し訳《わけ》なさそうにする結月《ゆづき》に手《て》を振《ふ》ると、私《わたし》はカバンの中身《なかみ》を机《つくえ》の中《なか》に移《うつ》し、「ふう」と息《いき》をついた。

別《べつ》に結月《ゆづき》以外《いがい》に友達《ともだち》がいないわけじゃない。クラスにはほどほどにしゃべれる子《こ》もいる。なのにどうしてだろう。結月《ゆづき》のいない教室《きょうしつ》をこんなにも不安《ふあん》に感《かん》じるのは。

17　味方《みかた》のいない教室《きょうしつ》で

　教室《きょうしつ》の中《なか》で私《わたし》だけがいないものとしてあつかわれているような、そんな感覚《かんかく》に陥《おちい》る。

みんなが私《わたし》のことをこそこそと話《はな》し、クスクスと笑《わら》っているような……

　ジッとうつむいて、結月《ゆづき》が戻《もど》ってくるまでの時間《じかん》をやり過《す》ごす。

　ふと机《つくえ》の上《うえ》に影《かげ》が落《お》ち、結月《ゆづき》が戻《もど》ってきたのかと顔《かお》を上《あ》げる。けれどそこにいたのは結《ゆ》月《づき》ではなく、樹《いつき》くんだった。

「おはよ」

「樹《いつき》くん……おはよう」

「どうかした？　顔色《かおいろ》が悪《わる》いけど大丈夫《だいじょうぶ》？」

「あ……」

　教室《きょうしつ》にいづらいだなんて言《い》えない。それに心配《しんぱい》かけたくない。

「ううん、大丈夫《だいじょうぶ》だよ」

「そう……？　ならいいんだけど。なにかあったら言《い》ってね」

「ありがとう」

樹《いつき》くんが席《せき》に着《つ》くのと同時《どうじ》に、教室《きょうしつ》のドアが開《ひら》き結月《ゆづき》が入《はい》ってきた。

その姿《すがた》にホッとして息《いき》をつく。

けれど、結月《ゆづき》は自分《じぶん》の席《せき》に戻《もど》ってくる途中《とちゅう》、クラスの女子《じょし》に声《こえ》をかけられて立《た》ち止《ど》まった。そして、そのまましばらく立《た》ち話《ばなし》を続《つづ》ける。

結月《ゆづき》の様子《ようす》を何気《なにげ》なく見《み》ていると、浅田《あさだ》さんがこちらを見《み》ていることに気《き》づいた。その口《くち》がニヤリとゆがんでいる。

まさか……。

気《き》づけば、教室《きょうしつ》の女子《じょし》たちみんながニヤニヤと笑《わら》いながらこちらを見《み》ていた。

結月《ゆづき》を私《わたし》から引《ひ》き離《はな》して、私《わたし》ひとりをハブにする気《き》なんだ。そう気《き》づいたとたん、頭《あたま》の中《なか》が真《ま》っ白《しろ》になった。

私《わたし》の予想《よそう》は正《ただ》しかったようで、移動教室《いどうきょうしつ》やお弁当《べんとう》などいろいろなタイミングで結月《ゆづき》は声《こえ》をかけられ、私《わたし》とではなく他《ほか》の子《こ》と過《す》ごす時間《じかん》が長《なが》くなっていく。

「委員長《いいんちょう》」と呼《よ》ばれると断《ことわ》るわけにもいかないようで、私《わたし》に申《もう》し訳《わけ》なさそうにしながらも、結月《ゆづき》はいそがしそうに駆《か》け回《まわ》っていた。

「大丈夫《だいじょうぶ》？　なんか、今日《きょう》ずっとひとりでいるよね？」

「あ……樹《いつき》、くん」

「もしかして、なにか嫌《いや》がらせをされてる、とか？」

思《おも》わず顔《かお》が引《ひ》きつった私《わたし》に、樹《いつき》くんの表情《ひょうじょう》が険《けわ》しくなる。

「誰《だれ》にされてるの？　浅田《あさだ》さんたち？」

なにも言《い》わない私《わたし》にもう一度《いちど》「そうなんだね？」と確認《かくにん》すると、樹《いつき》くんは教卓《きょうたく》のあたりで固《かた》まっていた浅田《あさだ》さんたちを見《み》た。

「え、あ、あの」

あわてる私《わたし》を置《お》いて、樹《いつき》くんは浅田《あさだ》さんたちのもとへ向《む》かっていく。

私《わたし》たちの様子《ようす》がおかしいことに気《き》づいたのか、周《まわ》りの席《せき》の子《こ》たちも樹《いつき》くんを目《め》で追《お》いかけていた。

なにをする気《き》なの……

「あれー？　樹《いつき》くんどうしたの？」

「あ、もしかして加納《かのう》さんに飽《あ》きちゃったとか？」

「ま、そうだよねー。わかるー」

おかしそうに笑《わら》う浅田《あさだ》さんたちを、樹《いつき》くんは冷《つめ》たい目《め》で見《み》つめた。

「あのさ、くだらないことするの、やめなよ」

「は？」

「どういう意味《いみ》？」

樹《いつき》くんの言葉《ことば》に、浅田《あさだ》さんはいら立《だ》ったような声《こえ》を出《だ》した。

「そのままの意味《いみ》だよ。加納《かのう》さんに嫌《いや》がらせしてるんでしょ」

「はー？　それ、加納《かのう》さんが言《い》ってるの？　証拠《しょうこ》もないのに言《い》いがかりつけるのってどうなの？　そんなことしてると樹《いつき》くんの評判《ひょうばん》まで落《お》とすよ？」

「別《べつ》にいいよ」

樹《いつき》くんは浅田《あさだ》さんの言葉《ことば》に対《たい》して、冷《つめ》たく言《い》い放《はな》った。

私《わたし》をふくめ、今《いま》まで温厚《おんこう》にほほ笑《え》む樹《いつき》くんしか見《み》たことがなかったクラスメイトたちは、思《おも》わず息《いき》をのんだ。

「べ、別《べつ》にいいって……」

さっきまで笑《わら》っていた浅田《あさだ》さんも、樹《いつき》くんの態度《たいど》に戸惑《とまど》っている。

「別《べつ》にいいよ。僕《ぼく》は自分《じぶん》の大事《だいじ》な人《ひと》が傷《きず》つくほうが嫌《いや》だからね。その人《ひと》を守《まも》れるなら、僕《ぼく》の評判《ひょうばん》が落《お》ちるぐらいどうってことない」

樹《いつき》くんの言葉《ことば》に、どこか教室内《きょうしつない》の空気《くうき》が変《か》わるのを感《かん》じた。

気《き》まずそうにする浅田《あさだ》さんに、樹《いつき》くんはほほ笑《え》む。

「わかってくれた？」

「……わかったよ」

「そう。ありがと」

樹《いつき》くんが注意《ちゅうい》してくれたおかげで、結月《ゆづき》を捕《つか》まえていたグループも「もういいよ」と解《かい》放《ほう》する。

結月《ゆづき》はあわてて私《わたし》のもとへと駆《か》け寄《よ》ってきた。そのあと、樹《いつき》くんも戻《もど》ってくる。

「巻《ま》きこんでごめんね、結月《ゆづき》」

「椎名《しいな》さん、僕《ぼく》からもごめん」

「ううん、私《わたし》は大丈夫《だいじょうぶ》。それより凜《りん》のことひとりにしちゃってごめんね」

「そんなの気《き》にしないで」

申《もう》し訳《わけ》なさそうに言《い》う結月《ゆづき》に、私《わたし》は首《くび》を横《よこ》に振《ふ》った。

これで少《すこ》しはマシになるといいんだけど……

18 助《たす》けてくれたぬくもりは

その日《ひ》はもう浅田《あさだ》さんたちがなにかをしてくることも、結月《ゆづき》がわざと呼《よ》ばれることもなかった。

翌日《よくじつ》も、教室《きょうしつ》に入《はい》った私《わたし》にクラスメイトたちは普通《ふつう》に声《こえ》をかけてくれた。だからこれで大丈夫《だいじょうぶ》なんだって、解決《かいけつ》したんだって、そう思《おも》った。

なのに――

「今日《きょう》はバレーボールをやります。まず背《せ》の順《じゅん》で隣《となり》の人《ひと》とペアを組《く》んで」

二時間目《にじかんめ》の体育《たいいく》の時間《じかん》。二《ふた》クラス合同《ごうどう》で行《おこな》われるのだけれど、女子《じょし》は体育館《たいいくかん》でバレーボール、男子《だんし》は体育館《たいいくかん》でバスケと運動場《うんどうじょう》でサッカーの二手《ふたて》に分《わ》かれていた。

最初《さいしょ》から嫌《いや》な予感《よかん》はしていた。

背《せ》の順《じゅん》で組《く》むと、私《わたし》のペアは浅田《あさだ》さんだったから。

向《む》かい合《あ》ってレシーブとアタックを順番《じゅんばん》に繰《く》り返《かえ》す。

でも、気《き》づけばずっと私《わたし》はアタックを打《う》たれ続《つづ》けていた。

そのボールはだんだんと腕《うで》から肩《かた》、胸《むね》へと当《あ》たる位置《いち》を変《か》えていく。

「い、痛《いた》っ」

「あ、ごめーん。私下手《わたしへた》でさー」

悪《わる》びれなくヘラヘラと笑《わら》う浅田《あさだ》さんだったけれど、謝《あやま》られてしまうとなにも言《い》えない。

わざとだという証拠《しょうこ》もないし。

それでもなんとかうまくレシーブしていると……

「ほんっとむかつく！」

思《おも》いっきり打《う》ち付《つ》けられたボールは、私《わたし》の顔面《がんめん》に命中《めいちゅう》した。

「……っ」

予想以上《よそういじょう》の衝撃《しょうげき》と痛《いた》みに立《た》っていられなくなる。私《わたし》は一歩二歩《いっぽにほ》とよろめき、そしてそのまま体育館《たいいくかん》の床《ゆか》にたおれ込《こ》んだ——はずだった。

なにかがクッションになっているかのように、硬《かた》い床《ゆか》の感触《かんしょく》がない。

おそるおそる目《め》を開《あ》けて振《ふ》り向《む》いてみると、蒼《あおい》くんが私《わたし》の身体《からだ》を抱《だ》きとめていた。

「なん、で」

「……」

蒼《あおい》くんはなにも言《い》わない。

そのまま私《わたし》を抱《だ》き上《あ》げると、「せんせー」と体育《たいいく》の先生《せんせい》を呼《よ》んだ。

「こいつ、顔面《がんめん》にボールがぶつかったみたいだから、保健室《ほけんしつ》に連《つ》れて行《い》ってくるな」

「え、あ、ああ」

突然《とつぜん》の出来事《できごと》に、周《まわ》りの生徒《せいと》も、そして体《たい》育《いく》の先生《せんせい》すらも動揺《どうよう》していた。

「な、大丈夫《だいじょうぶ》、だよ」

「うるさい」

その一言《ひとこと》で切《き》り捨《す》てると、蒼《あおい》くんは私《わたし》を抱《だ》

き上《あ》げたまま体育館《たいいくかん》を出《で》て行《い》く。

「……どうして」

私《わたし》は答《こた》えが返《かえ》ってくることのない問《と》いを投《な》げ続《つづ》ける。

「なんで助《たす》けたの」

「……」

「私《わたし》のことなんて、好《す》きでもなんでもないんだから、放《ほう》っておいてよ」

「じゃあそんな顔《かお》しててんじゃねえよ！」

そう言《い》う蒼《あおい》くんの声《こえ》があまりにもつらそうで、私《わたし》はなにも言《い》えなくなってしまう。

「……着《つ》いた」

器用《きよう》に足《あし》で保健室《ほけんしつ》のドアを開《あ》けると、近《ちか》くの椅子《いす》に私《わたし》を座《すわ》らせる。

どうやら養護《ようご》の先生《せんせい》はいないようで、保健室《ほけんしつ》の中《なか》は薄暗《うすぐら》かった。

「……鍵《かぎ》がかかってなかったから、そのうち戻《もど》ってくるだろ。安静《あんせい》にしてろよ」

それだけ言《い》うと、蒼《あおい》くんはなにもなかったかのように立《た》ち去《さ》る。

「あっ……」

その背中《せなか》になにかを言《い》いたくて、でもなにを言《い》っていいのかわからなくて。

結局《けっきょく》私《わたし》は黙《だま》ったまま、その背中《せなか》が遠《とお》ざかっていくのを見《み》つめることしかできなかった。

勝手《かって》にベッドで休《やす》むのもよくないかなと思《おも》い、椅子《いす》に座《すわ》ってボーッとしていると、廊下《ろうか》をバタバタと走《はし》る音《おと》が聞《き》こえた。

「加納《かのう》さん！」

「樹《いつき》くん……」

ドアを開《あ》けて保健室《ほけんしつ》に飛《と》び込《こ》んできたのは、樹《いつき》くんだった。

普段《ふだん》は物静《ものしず》かな樹《いつき》くんからは考《かんが》えられないほどあわてた様子《ようす》で、息《いき》を切《き》らせている。

「顔《かお》にボールをぶつけられたって聞《き》いて……」

「う、うん。それで駆《か》けつけてくれたの？」

樹《いつき》くんのグループはたしか運動場《うんどうじょう》でサッカーだったはずだ。

ということは、誰《だれ》かから私《わたし》が保健室《ほけんしつ》に行《い》ったことを聞《き》き、急《いそ》いで来《き》てくれたってこと？

「大丈夫《だいじょうぶ》？」

「うん、鼻血《はなぢ》も出《で》てないし大丈夫《だいじょうぶ》だと思《おも》う」

「よかった……」

そう言《い》って、樹《いつき》くんは私《わたし》をぎゅっと抱《だ》きしめた。

「本当《ほんとう》に、ごめん。僕《ぼく》らの……僕《ぼく》の、せいで」

私《わたし》を抱《だ》きしめる腕《うで》に力《ちから》が入《はい》る。

……どうしてだろう。

好《す》きな人《ひと》に抱《だ》きしめられて、こんなにもドキドキすることはないはずなのに。

なぜか思《おも》い出《だ》してしまうのは、さっきまで私《わたし》を抱《だ》き上《あ》げていた蒼《あおい》くんのぬくもりだった。

19　彼《かれ》の思《おも》い出《で》の中《なか》の私《わたし》

その日《ひ》の放課後《ほうかご》、私《わたし》を心配《しんぱい》する樹《いつき》くんに「大丈夫《だいじょうぶ》だよ」と伝《つた》えて、ひとり帰《かえ》り道《みち》を歩《ある》いた。

委員会《いいんかい》があるから待《ま》っててと言《い》われたけれど、なんとなくひとりになりたくて、断《ことわ》ってしまったのだ。

ボーッと歩《ある》く途中《とちゅう》でふと目《め》に入《はい》ったのは、蒼《あおい》くんと一緒《いっしょ》に行《い》ったゲームセンターの入《はい》っているショッピングセンター。

あのとき取《と》ってくれたゆるりうさぎのぬいぐるみは、今《いま》も私《わたし》の部屋《へや》にかざっている。

あたりを見回《みまわ》して同《おな》じ学校《がっこう》の人《ひと》がいないことを確認《かくにん》すると、私《わたし》はそっとお店《みせ》の中《なか》に足《あし》を踏《ふ》み入《い》れた。

前回《ぜんかい》と同《おな》じようにエレベーターに乗《の》り、七階《ななかい》へ向《む》かう。

開《ひら》いたとびらの向《む》こうに広《ひろ》がるのは、あの日《ひ》と変《か》わらない光景《こうけい》だった。

でも、どうしてだろう。あのとき感《かん》じたワクワク感《かん》はそこにはなく、ただただ不安《ふあん》になる。

「やっぱり、帰《かえ》ろう」

エレベーターを見《み》ると、ちょうど下《した》に行《い》ってしまったようで、しばらく戻《もど》って来《こ》なそうだ。

仕方《しかた》なく近《ちか》くにあったベンチに座《すわ》って待《ま》つ。

そもそも、ここに来《き》てどうするつもりだったんだろう。

蒼《あおい》くんに会《あ》いたかった？　ううん、そうじゃない。そうじゃないはずだ。

でも……

「あれ？　あおの彼女《かのじょ》ちゃん？」

「え?」

その聞《き》き覚《おぼ》えのある呼《よ》び方《かた》に思《おも》わず振《ふ》り返《かえ》る。

そこには、以前蒼《いぜんあおい》くんと一緒《いっしょ》に帰《かえ》ってるときに出会《であ》った先輩《せんぱい》がいた。

相変《あいか》わらず着《き》くずした学《がく》ランを着《き》ていたけれど、今日《きょう》は髪《かみ》の毛《け》をツンツンさせていない。

「えっと、蒼《あおい》くんの……」

「そっ、あおの友達《ともだち》。彼女《かのじょ》ちゃんどうしたの? あおは? こんなところにひとりでいたら危《あぶ》ないよー?」

先輩《せんぱい》は私《わたし》が蒼《あおい》くんと来《き》ていると勘違《かんちが》いしているみたい。あきれたように言《い》うと私《わたし》の隣《となり》に腰掛《こしか》けた。

私《わたし》はうまく説明《せつめい》できなくて、ついうつむいてしまう。

「話《はなし》なら聞《き》くよ? 知《し》ってるやつだと話《はな》しにくくても、知《し》らないやつになら話《はな》せることもあるんじゃない?」

ニッと笑《わら》う先輩《せんぱい》の顔《かお》が、どうしてか蒼《あおい》くんに重《かさ》なって、涙《なみだ》があふれてくる。

あわててポケットから取《と》り出《だ》したハンカチで涙《なみだ》を拭《ぬぐ》うと、私《わたし》は勇気《ゆうき》を出《だ》して口《くち》を開《ひら》いた。

「……私《わたし》、蒼《あおい》くんのことが、わからなくて」

「あおの考《かんが》えてること？」

「はい……。なにが本当《ほんとう》で、なにがうそなのか全然《ぜんぜん》わからないし。蒼《あおい》くんがどうしたいのかも……」

ぽつりぽつりとたまっていた思《おも》いを吐《は》き出《だ》していく。

ふんふん、と話《はなし》を聞《き》いたあと、先輩《せんぱい》はケロッとした顔《かお》で言《い》った。

「そりゃわかるわけないよ、だって他人《たにん》だもん」

「え……」

「自分《じぶん》の気持《きも》ちだってちゃんとわかんないのに、他人《たにん》の気持《きも》ちなんてなおさらわかんないでしょ。エスパーじゃないんだよ？」

「それは、そうかもですけど」

先輩《せんぱい》の言《い》うことは正《ただ》しいのかもしれない。じゃあいったいどうしたら……

「だから、ちゃんと話《はなし》をするんだよ」

「話《はなし》を……」

「そう。自分《じぶん》はこう思《おも》ってる。あなたはどう思《おも》ってる？　っておたがいの気持《きも》ちを話《はな》す。そうじゃなきゃ、彼女《かのじょ》ちゃんとあおはずっと平行線《へいこうせん》のままだよ。それでもいいの？」

反射的《はんしゃてき》に、私《わたし》は首《くび》を横《よこ》に振《ふ》っていた。

平行線《へいこうせん》のままじゃ嫌《いや》だ。このままじゃ、嫌《いや》だ。

先輩《せんぱい》の言葉《ことば》は、まっすぐに私《わたし》の中《なか》へと届《とど》いた。

私《わたし》がちゃんと本心《ほんしん》を話《はな》したから、先輩《せんぱい》もきちんと答《こた》えてくれている。

まるで『こうやってあおと話《はな》すんだよ』と私《わたし》に教《おし》えるかのように。

ありがとうございます——そう言《い》うために口《くち》を開《ひら》こうとする私《わたし》より早《はや》く、先輩《せんぱい》はいたずらっ子《こ》のような表情《ひょうじょう》を浮《う》かべると私《わたし》の顔《かお》をのぞき込《こ》んだ。

「ねえねえ、彼女《かのじょ》ちゃん。次《つぎ》は俺《おれ》から質問《しつもん》があるんだけどいい？」

「質問《しつもん》、ですか？　えっと、はい」

勢《いきお》いに押《お》されてうなずいてしまう。

「あのさ、さっき彼女《かのじょ》ちゃんのハンカチを見《み》て思《おも》い出《だ》したんだけど。彼女《かのじょ》ちゃん、一年《いちねん》の春先《はるさき》にさ、学校《がっこう》のそばにある桜並木《さくらなみき》で泣《な》いてなかった？」

「え？」

一年《いちねん》の、春先《はるさき》？　桜並木《さくらなみき》？

必死《ひっし》に記憶《きおく》をさかのぼる。えっと、なんだっけ……そうだ！

「あっ、ありました。でもどうして知《し》ってるんですか?」

入学式《にゅうがくしき》の数日後《すうじつご》、ずっと入退院《にゅうたいいん》を繰《く》り返《かえ》していたチワワのさくらがついに亡《な》くなった。さくらのそばにいたかったけど、その日《ひ》は入学後《にゅうがくご》の学力《がくりょく》テストがあるからと、無理《むり》やり学校《がっこう》に行《い》かされてしまったのだ。

あの桜並木《さくらなみき》の下《した》を歩《ある》いた瞬間《しゅんかん》、どうしようもなくさくらのことを思《おも》い出《だ》して、涙《なみだ》があふれてしまって——

それをどうして先輩《せんぱい》が知《し》ってるんだろう?

「やっぱり。ね、そのときさ、誰《だれ》かにハンカチ借《か》りたりした?」

「はい、そうです。でも私《わたし》ずっと泣《な》いてて、その子《こ》の顔《かお》を見《み》てなくて……今《いま》もずっと家《いえ》に置《お》いてあるんですけど」

「くふ……ふふふ。俺《おれ》ね、それが誰《だれ》のハンカチか知《し》ってるんだ」

含《ふく》み笑《わら》いをする先輩《せんぱい》に、私《わたし》は思《おも》わず身《み》を乗《の》り出《だ》した。

「え? 本当《ほんとう》ですか?」

「知《し》りたい?」

「知《し》りたいです!」

もったいぶるようにニヤつくと、先輩《せんぱい》はもう一度《いちど》「くふふ」と笑《わら》って、言《い》った。

「あおだよ」

「……え？」

「そのハンカチ渡《わた》したの、あおだよ」

先輩《せんぱい》の言葉《ことば》が、信《しん》じられなかった。

だって、そんな、まさか。

「冗談《じょうだん》、ですよね……？」

「どうだろうね？」

たずねる私《わたし》に、先輩《せんぱい》は笑《え》みを浮《う》かべるだけだ。

あのときの子《こ》が蒼《あおい》くん？

そんなことって……

もっと詳《くわ》しく聞《き》かせてほしいと頼《たの》もうとした瞬間《しゅんかん》、先輩《せんぱい》のスマホからメッセージの通知《つうち》音《おん》が聞《き》こえた。

「あ、ごめん。ちょっとツレが呼《よ》んでるから、俺《おれ》もう行《い》くね」

「あっ」

先輩《せんぱい》は立《た》ち上《あ》がると、ゲームセンターのほうへと歩《ある》き出《だ》す。

「あのっ」

もう一度《いちど》声《こえ》をかけると、先輩《せんぱい》はこちらを振《ふ》り返《かえ》った。

「……あおね、あの日一目《ひひとめ》ぼれしたんだって」

「え？」

「桜《さくら》の下《した》で泣《な》く女《おんな》の子《こ》に。それって誰《だれ》のことだろうね？」

そう言《い》う先輩《せんぱい》はひらひらと手《て》を振《ふ》って、今度《こんど》こそ行《い》ってしまう。

残《のこ》された私《わたし》は、その場《ば》から動《うご》けずにいた。


夜《よる》、私《わたし》は机《つくえ》の上《うえ》に置《お》いたゆるりうさぎのぬいぐるみを手《て》に取《と》った。

あの日《ひ》、蒼《あおい》くんに取《と》ってもらったぬいぐるみ。

別《わか》れたあとも、なんとなく机《つくえ》の上《うえ》にかざっていたけれど……

その隣《となり》に、引《ひ》き出《だ》しの奥《おく》に大事《だいじ》にしまっていたハンカチを置《お》いた。

「蒼《あおい》くん……」

思《おも》わず名前《なまえ》をつぶやいてしまい、あわてて両手《りょうて》で口《くち》を押《お》さえた。

名前《なまえ》を言《い》っただけで心臓《しんぞう》がドキドキしている。

忘《わす》れようとしても忘《わす》れられない、嫌《きら》いになろうとしてもなりきれない。そんな感情《かんじょう》の名《な》前《まえ》を、本当《ほんとう》はもうとっくに知《し》っている。

ただ認《みと》められなかっただけで。

でも……

蒼《あおい》くんは賭《か》けをしていたのであって、別《べつ》に私《わたし》が好《す》きだったから付《つ》き合《あ》ったわけじゃない。

そんなこと今《いま》までだってわかっていたはずなのに。

「……っ」

どうして今《いま》、こんなにも胸《むね》が痛《いた》くて、苦《くる》しいんだろう。

20　もう間違《まちが》わない

体育《たいいく》の時間《じかん》の一件《いっけん》以来《いらい》、樹《いつき》くんは休《やす》み時間《じかん》も放課後《ほうかご》も私《わたし》と一緒《いっしょ》に過《す》ごすようになった。

浅田《あさだ》さんが私《わたし》に対《たい》して嫌《いや》がらせをすることは、もうなくなっている。

さすがに顔面《がんめん》にボールをぶつけたのはやり過《す》ぎだと思《おも》ったからか、それとも先生《せんせい》に叱《しか》られたからかはわからない。

それでも「大丈夫《だいじょうぶ》だよ」と言《い》うたびに樹《いつき》くんが申《もう》し訳《わけ》なさそうな顔《かお》をするので、なんとなくズルズルとそのままになっていた。

あの日《ひ》から、私《わたし》は心《こころ》の中《なか》の小《ちい》さなとげが大《おお》きくなっていることに気《き》づいていた。

本当《ほんとう》はずっと知《し》らないふりをしたかった。

気《き》のせいだって、一時的《いちじてき》なものだって。

だけど、もうそこから目《め》をそむけることができなくなっている。

放課後《ほうかご》、私《わたし》たちふたりしかいない教室《きょうしつ》で、結月《ゆづき》の席《せき》に座《すわ》った樹《いつき》くんとおしゃべりしていた。

その笑顔《えがお》を見《み》ながら心《こころ》がざわつく。

あんなに好《す》きだった樹《いつき》くんと一緒《いっしょ》にいるはずなのに、どうして――

「ねえ、加納《かのう》さん」

「え？」

樹《いつき》くんの呼《よ》びかけに私《わたし》が顔《かお》を上《あ》げると、彼《かれ》は席《せき》から立《た》ち上《あ》がり、すぐそばに来《く》る。

そしてゆっくりと私《わたし》に手《て》を伸《の》ばし、身体《からだ》を近《ちか》づけてきた。

抱《だ》きしめられる……！

そう思《おも》った瞬間《しゅんかん》、私《わたし》はその身体《からだ》を押《お》し返《かえ》してしまっていた。

「あ……」

目《め》の前《まえ》に立《た》つ樹《いつき》くんが、傷《きず》ついたような顔《かお》をする。

でも、どうしてもそれだけは受《う》け入《い》れられなかった。

だって、だって、そのぬくもりは……

「泣《な》かないで」

「え――」

樹《いつき》くんに言《い》われて、私《わたし》は自分《じぶん》の頬《ほお》にそっと触《ふ》れた。

いつの間《ま》にかあふれ出《だ》していた涙《なみだ》が頬《ほお》をぬらしている。

「なん、で、わた……し……」

次《つぎ》から次《つぎ》へとこぼれる涙《なみだ》に、私《わたし》はようやく気《き》づいた。

樹《いつき》くんを好《す》きだったのは過去《かこ》の私《わたし》で……

今《いま》の私《わたし》が好《す》きなのは、本当《ほんとう》に好《す》きなのは、蒼《あお》くんだったんだ――と。

ぶっきらぼうで、口《くち》が悪《わる》くて、でも本当《ほんとう》はすごく優《やさ》しい蒼《あお》くんのことが、こんなにも好《す》きになっていたなんて。

蒼《あお》くんが私《わたし》のことを好《す》きじゃなくてもいい。

それでも私《わたし》は、蒼《あお》くんのことが好《す》き――なんだ。

「わた……し、ごめ……な、さ……」

「謝《あやま》らないで」

「で、も……」

樹《いつき》くんは悲《かな》しげに首《くび》を横《よこ》に振《ふ》る。

その表情《ひょうじょう》があまりにもつらそうで、胸《むね》の奥《おく》が痛《いた》くなる。

樹《いつき》くんは泣《な》き続《つづ》ける私《わたし》にそっとほほ笑《え》みかけた。

「自分《じぶん》の、本当《ほんとう》の気持《きも》ちを認《みと》められた？」

「ごめ……な、さ……」

「泣《な》かないで」

「嫌《きら》いに、なりたかった……なのに……」

「うん、わかってる。わかってるから」

私《わたし》に向《む》かって樹《いつき》くんが手《て》を伸《の》ばした。

けれどその手《て》が私《わたし》の頬《ほお》に触《ふ》れる前《まえ》に、誰《だれ》かが樹《いつき》くんの腕《うで》をつかんだ。

「なに泣《な》かせてんだよ」

「あお、い、く……」

そこにいたのは、怒《おこ》ったような顔《かお》をした蒼《あおい》くんだった。

「ふざけんなよ、お前《まえ》」

違《ちが》う、樹《いつき》くんが泣《な》かせたわけじゃないんだと言《い》いたいのに、うまく声《こえ》が出《だ》せない。

そんな私《わたし》の態度《たいど》をどう受《う》け取《と》ったのか、蒼《あおい》くんは樹《いつき》くんの学ランの胸元《むなもと》をつかんだ。

「俺《おれ》は泣《な》かせるためにこいつをあきらめたんじゃねえんだぞ！」

「なにを今《いま》さら。蒼《あおい》は加納《かのう》さんと向《む》き合《あ》うことから逃《に》げたじゃないか」

「違《ちが》う！　俺《おれ》は、こいつを傷《きず》つけたから……。こいつの、凛《りん》の隣《となり》にいる資格《しかく》なんてないって、そう思《おも》って……」

私《わたし》の、ため……？

胸元《むなもと》をつかむ蒼《あおい》くんの手《て》が、小《ちい》さく震《ふる》えている。

「資格《しかく》がないなら、今《いま》も引《ひ》っ込《こ》んでたらいいだろ。加納《かのう》さんのことは僕《ぼく》が——」

「なら、泣《な》かすなよ！　お前《まえ》のそばなら凜《りん》はつらくないだろうって思《おも》ったのに、なんでお前《まえ》が凜《りん》を泣《な》かせてるんだよ！」

「ち、が……」

蒼《あおい》くんの腕《うで》をつかみ必死《ひっし》に首《くび》を横《よこ》に振《ふ》る私《わたし》を見《み》て、彼《かれ》はおどろいたような顔《かお》を向《む》けた。

「私《わたし》が悪《わる》いの。樹《いつき》くんは悪《わる》くないの」

「どういう、ことだよ」

「私《わたし》が……本当《ほんとう》の自分《じぶん》の気持《きも》ちから、逃《に》げてたから」

前《まえ》までならきっと言《い》えなかった。

自分《じぶん》の気持《きも》ちを押《お》し殺《ころ》して、樹《いつき》くんのことを受《う》け入《い》れて、楽《らく》で誰《だれ》も傷《きず》つかないほうに逃《に》げようとしたと思《おも》う。

でももう、自分《じぶん》の気持《きも》ちをいい加減《かげん》に扱《あつか》いたくない。

なかったことにしたくない。

うそをつかれたと、傷《きず》つけられたと、自分《じぶん》のつらさだけに目《め》を向《む》けてきた、そんな私《わたし》とさよならしたい。

「本当《ほんとう》の気持《きも》ちって……」

蒼《あおい》くんは私《わたし》を見《み》つめながら、ゆっくりと樹《いつき》くんから手《て》を離《はな》す。

その手《て》を私《わたし》はぎゅっとにぎりしめた。

男《おとこ》の子《こ》らしくて、それでいて優《やさ》しくてあたたかい手《て》を。

「好《す》きです」

「……え？」

「蒼《あおい》くん、私《わたし》は……あなたのことが、大好《だいす》きです」

これが、今度《こんど》は間違《まちが》いじゃない、私《わたし》の本当《ほんとう》の気持《きも》ち。

カタンという音《おと》が聞《き》こえた。

音《おと》のしたほうへと視線《しせん》を向《む》けると、樹《いつき》くんが教室《きょうしつ》を出《で》て行《い》こうとしていた。

「い……」

呼《よ》び止《と》めようとして、やめた。

今《いま》の私《わたし》には、樹《いつき》くんになにかを言《い》う資格《しかく》なんてない。

視線《しせん》を戻《もど》し、真剣《しんけん》な表情《ひょうじょう》で蒼《あおい》くんを見《み》つめる。

まっすぐに伝《つた》えた言葉《ことば》は、届《とど》いただろうか。

不安《ふあん》になったけれど、その答《こた》えはすぐにわかった。

蒼《あおい》くんはおどろいたように目《め》を丸《まる》くし、真《ま》っ赤《か》な顔《かお》で口《くち》を開《あ》けたまま私《わたし》を見《み》つめている。

「ふ、ふふ」

「なっ、なに笑《わら》ってんだよ！」

「だって、蒼《あおい》くん。顔《かお》、真《ま》っ赤《か》だよ？」

「うるさい！　俺《おれ》はもう帰《かえ》る！」

机《つくえ》にかけっぱなしにしていたらしいカバンを手《て》に取《と》ると、蒼《あおい》くんは教室《きょうしつ》の入《い》り口《ぐち》へと向《む》かう。

「あ……」

呼《よ》び止《と》めようとすると、ドアに手《て》をかけて蒼《あおい》くんはこちらを振《ふ》り返《かえ》った。

「一緒《いっしょ》に帰《かえ》るだろ？」

「……うん！」

私《わたし》が隣《となり》に来《き》たのを確認《かくにん》すると、蒼《あおい》くんは歩《ある》き出《だ》す。

少《すこ》しゆっくりと、私《わたし》が並《なら》んで歩《ある》きやすい速《はや》さで。

21　言《い》えなかったキモチ

蒼《あおい》くんは、私《わたし》の隣《となり》を無言《むごん》で歩《ある》き続《つづ》ける。

廊下《ろうか》でも、学校《がっこう》を出《で》てからもずっと黙《だま》っている。

怒《おこ》っているわけではないのはわかるけど、でも……

「ねえ、蒼《あおい》くん」

「え、あ……なに？」

声《こえ》をかけると、蒼《あおい》くんは少《すこ》しおどろいたようにこちらを向《む》いた。

「……ちゃんと、話《はなし》がしたい、です」

「そう、だよな」

聞《き》きたいことは、たくさんあった。

蒼《あおい》くんが今《いま》なにを思《おも》っているのか、ちゃんと聞《き》かせてほしい。

「……俺《おれ》さ、二年《にねん》でクラスが一緒《いっしょ》になる前《まえ》から、凛《りん》のこと知《し》ってたんだ」

当《あ》たり前《まえ》のように「凜《りん》」と名前《なまえ》で呼《よ》ばれ、ドキドキしてしまう。

「一年《いちねん》の春頃《はるごろ》に、俺《おれ》たちが会《あ》ってるの覚《おぼ》えてるか？」

「あ……」

蒼《あおい》くんの先輩《せんぱい》から聞《き》いた話《はなし》を思《おも》い出《だ》した。

「ハンカチ……」

「覚《おぼ》えてたのか」

「ううん……。ハンカチのことは覚《おぼ》えてたんだけど、それをくれたのが蒼《あおい》くんだとは気づいてなくて」

うそをつくことなく正直《しょうじき》に伝《つた》える。

そんなことで蒼《あおい》くんは怒《おこ》らないと、もうわかっているから。

「まあ、そうだろうな」

気《き》にしていない様子《ようす》で蒼《あおい》くんは笑《わら》い、しばらく黙《だま》ったあと口《くち》を開《ひら》いた。

「……一目《ひとめ》ぼれだったんだ」

先輩《せんぱい》も言《い》っていた。

蒼《あおい》くんが、桜《さくら》の木《き》の下《した》にいる女《おんな》の子《こ》に一目《ひとめ》ぼれしたって。

たしかにあの日《ひ》、私《わたし》たちは会《あ》っている。でも蒼《あおい》くんが私《わたし》を一目《ひとめ》で好《す》きになったなんて信《しん》じられない。けれど蒼《あおい》くんは――

「……あんたのことだよ。桜《さくら》の木《き》の下《した》で泣《な》いてる凜《りん》に、一目《ひとめ》ぼれしたんだ」

静《しず》かな告白《こくはく》に、私《わたし》は首《くび》を横《よこ》に振《ふ》った。

一目《ひとめ》ぼれって、だって、そんなこと。

「ありえない」

「は？　ありえないってなんだよ」

「だって、私《わたし》、浅田《あさだ》さんみたいにかわいくないし」

「いや、なんでそこで浅田《あさだ》が出《で》てくるんだ？　ってか、凜《りん》は十分《じゅうぶん》かわいいし」

「かっ……」

かわいいとか、面《めん》と向《む》かって男子《だんし》から言《い》われたことなんてない！

私《わたし》は、動揺《どうよう》して思《おも》わずつないでいる手《て》を振《ふ》り払《はら》ってしまった。

「凜《りん》？」

「からかわないで……。別《べつ》に自分《じぶん》がかわいいほうじゃないことなんてわかってるから」

「からかってなんかねえよ。……桜《さくら》の花《はな》びらがバッと舞《ま》って、その中《なか》に凜《りん》がいて……泣《な》いてるのにきれいで……。目《め》が離《はな》せなかった」

蒼《あおい》くんは照《て》れくさそうに笑《わら》うと、そっと私《わたし》の手《て》をにぎりしめた。

「二年《にねん》で一緒《いっしょ》のクラスになって、でも凜《りん》は樹《いつき》のことしか見《み》てなかった。ああやっぱり樹《いつき》にはなにをやってもかなわないんだって思《おも》ったら、悔《くや》しくて……。もともと、賭《か》けなんてするつもりはなかった。ただ、凜《りん》と話《はな》すきっかけがほしかっただけなんだ。でも、凜《りん》が俺《おれ》のこと、樹《いつき》と勘違《かんちが》いしてるってわかったとき……もし今《いま》を逃《のが》したら、そのうち凜《りん》が樹《いつき》に告白《こくはく》してしまうかもって、そう思《おも》ったんだ。本当《ほんとう》にごめん」

蒼《あおい》くんは私《わたし》に向《む》かって頭《あたま》を下《さ》げる。

ギュッと私《わたし》の手《て》をにぎりしめる蒼《あおい》くんの手《て》が、小刻《こきざ》みに震《ふる》えている。

私《わたし》は『もういいよ』と伝《つた》える代《か》わりに、ゆっくりと手《て》をにぎり返《かえ》した。

「私《わたし》も、ふたりのことを間違《まちが》えてごめん」

「あれは……！　俺《おれ》が、間違《まちが》えるようにわざと……」

「じゃあ、どっちもダメってことで、おたがい様《さま》だね」

わざと明《あか》るく言《い》うと、蒼《あおい》くんは顔《かお》を上《あ》げて、それから泣《な》きそうな顔《かお》で笑《わら》った。

「凜《りん》にはかなわないよ」

「わ、私《わたし》なんて……」

蒼《あおい》くんの言葉《ことば》をあわてて否定《ひてい》する。

でも、蒼《あおい》くんは静《しず》かに首《くび》を横《よこ》に振《ふ》った。

「凜《りん》は、私《わたし》なんてって言《い》うけど、俺《おれ》は凜《りん》のいいところたくさん知《し》ってる。自分《じぶん》のことを後《あと》回《まわ》しにしてでも誰《だれ》かのために動《うご》くところも、まるで自分《じぶん》のことみたいに人《ひと》の痛《いた》みを感《かん》じるところも、それから……ふはっ、顔真《かおま》っ赤《か》だぞ」

「誰《だれ》のせいだと……！」

「俺《おれ》のせい？　だとしたら、すっげーうれしい」

目《め》を細《ほそ》め、蒼《あおい》くんは満面《まんめん》の笑《え》みを浮《う》かべる。

こんな顔《かお》で笑《わら》うんだ……

今《いま》まで見《み》たことのない表情《ひょうじょう》に、ドキドキが止《と》まらない。

きっと他《ほか》にも、私《わたし》の知《し》らない蒼《あおい》くんの姿《すがた》がたくさんあるはず。

ひとつ、またひとつと知《し》るたびに、もっともっと蒼《あおい》くんを好《す》きになる――そんな予感《よかん》がしていた。

22　ホントのキモチ！

翌朝《よくあさ》、学校《がっこう》へ行《い》こうと家《いえ》を出《で》ると、玄関《げんかん》のフェンスの向《む》こうに見覚《みおぼ》えのある頭《あたま》が見《み》えた。

「……おはよ」

「おう」

ぶっきらぼうに言《い》われたけれど、蒼《あおい》くんの耳《みみ》がほんのり赤《あか》くなっていることに気《き》づいて、ちょっとだけ笑《わら》ってしまう。

「なんだよ」

「なんでもない」

こんな何気《なにげ》ないやりとりさえうれしくて仕方《しかた》がない。

「……なあ」

「なに？」

「手《て》、つないでもいいか？」

「え、あ……うん」

差《さ》し出《だ》された手《て》をそっとにぎりしめる。

どうしよう。すごく、すっごく照《て》れくさい。

なのに、どうしようもないくらい、うれしい。

今度《こんど》こそ、本当《ほんとう》の本当《ほんとう》に両思《りょうおも》いになれたんだと改《あらた》めて実感《じっかん》する。

でも……

「どうした？」

「え？」

「今一瞬《いまいっしゅん》、不安《ふあん》そうな顔《かお》しただろ」

「あ……」

私《わたし》のわずかな表情《ひょうじょう》の変化《へんか》にも、蒼《あおい》くんはきちんと気《き》づいてくれた。

「多分《たぶん》、周《まわ》りからとやかく言《い》われると思《おも》うけど、俺《おれ》が守《まも》るから」

「……ううん、守《まも》らなくていいよ」

「え？」

「私《わたし》、ちゃんと顔《かお》を上《あ》げていろいろな声《こえ》に向《む》き合《あ》うから。だから守《まも》らなくていいの。それより、こうやって隣《となり》を歩《ある》いていてほしい」

つないだ手《て》にぎゅっと力《ちから》を込《こ》める。

きっと傷《きず》つくこともあると思《おも》う。

だけど、こうやって手《て》をつないでいたら、きっと立《た》ち向《む》かえる気《き》がするから。

そんな私《わたし》を見《み》て、蒼《あおい》くんは小《ちい》さく笑《わら》った。

「なんか変《か》わったな」

「そう、かな」

「そうだよ。すげえ変《か》わった。……凜《りん》のそういうところ、好《す》きだよ」

「え？　い、今《いま》……」

ふんっと顔《かお》をそむけた蒼《あおい》くんの耳《みみ》も頬《ほお》も赤《あか》くなっている。

「蒼《あおい》くん、あのね！　私《わたし》も――」

「おはよ」

「ひゃっ」

「は？」

突然《とつぜん》、私《わたし》の肩《かた》に手《て》が乗《の》せられて、思《おも》わず変《へん》な声《こえ》を上《あ》げてしまう。

振《ふ》り返《かえ》ればそこには樹《いつき》くんがいた。

「い、樹《いつき》くん！」

「お前《まえ》、なにしに来《き》たんだよ」

突然現《とつぜんあらわ》れた樹《いつき》くんにおどろいて、反射的《はんしゃてき》につないだ手《て》を離《はな》してしまう。

見《み》られちゃった、かな。

さっきまでのドキドキが、申《もう》し訳《わけ》なさへと変《か》わっていく。

私《わたし》のことを好《す》きだって言《い》ってくれたのに、樹《いつき》くんじゃダメだった。蒼《あおい》くんじゃなきゃ、どうしてもダメだった。

でもだからといって、樹《いつき》くんを傷《きず》つけていいはずがない。

昨日《きのう》、教室《きょうしつ》を出《で》て行《い》ったあと、樹《いつき》くんはなにを考《かんが》えていたんだろう。どんな思《おも》いで、ひとり帰《かえ》り道《みち》を歩《ある》いたんだろう。

想像《そうぞう》しただけで、胸《むね》が苦《くる》しくなる。

蒼《あおい》くんも目《め》を見開《みひら》き、おどろいていた。

けれど樹《いつき》くんは、そんな私《わたし》たちの様子《ようす》を気《き》にすることなく、いつものように笑《え》みを浮《う》かべる。

「ん？　だってさ、せっかく加納《かのう》さんへの嫌《いや》がらせが落《お》ち着《つ》いたのに、ここで僕《ぼく》と別《わか》れてまた蒼《あおい》に戻《もど》りました、なんて言《い》ったら、なにされるかわからないでしょ？　だったら、しばらくは僕《ぼく》と付《つ》き合《あ》ってるってことにしておいたほうがいいと思《おも》ってさ」

「まあ、たしかに……って、ふざけんなよ！　んなこと必要《ひつよう》ねえよ」

いったいなにが起《お》きているのか、私《わたし》には理解《りかい》が追《お》いつかない。

混乱《こんらん》する私《わたし》の耳元《みみもと》で、樹《いつき》くんはクスッと笑《わら》った。

「僕《ぼく》さ、加納《かのう》さんのこと、あきらめないからね」

「えっ……」

そんなこと言《い》われると思《おも》ってもみなくて、ついドキッとしてしまう。

私《わたし》のそんな態度《たいど》に目《め》ざとく気《き》づくと、蒼《あおい》くんは怒《おこ》ったように声《こえ》を荒《あら》らげた。

「お前《まえ》、なに言《い》ってんだ！」

そして、蒼《あおい》くんの腕《うで》がグイッと私《わたし》を抱《だ》き寄《よ》せる。

「こいつは俺《おれ》の彼女《かのじょ》だ！」

「でも、まだみんなは僕《ぼく》の彼女《かのじょ》だと思《おも》ってるよ？」

「うるせえ！」

口《くち》げんかをするふたりに挟《はさ》まれた状態《じょうたい》になってしまう。ど、どうしよう……!?

「ね、どうかな。加納《かのう》さん」

「そ、そんなこと言《い》われても……」

樹《いつき》くんは私《わたし》に顔《かお》を近《ちか》づけてきた。

至近距離《しきんきょり》で見《み》ると、やっぱりふたりはよく似《に》ている。

蒼《あおい》くんと同《おな》じ顔《かお》に迫《せま》られるとドキドキしすぎて……

って、ダメ！

「蒼《あおい》くん」

「は？」

「……行《い》こ！」

手《て》をつかんでうながすと、蒼《あおい》くんは一瞬《いっしゅん》キョトンとした表情《ひょうじょう》を浮《う》かべたあと、ニッと笑《わら》った。

「行《い》くか」

私《わたし》の手《て》をにぎりしめて、引《ひ》っ張《ぱ》るようにしてその場《ば》を駆《か》け出《だ》す。

後《うし》ろから樹《いつき》くんの残念《ざんねん》そうな声《こえ》が聞《き》こえてきたけれど、もう気《き》にしない。

誰《だれ》かのために自分《じぶん》の気持《きも》ちをいつわるんじゃなくて、これからは私自身《わたしじしん》のためにホントの気持《きも》ちを大事《だいじ》にしたい。

私《わたし》を変《か》えてくれた、蒼《あおい》くんと一緒《いっしょ》に。

あとがき

はじめましての方《かた》、こんにちは。望月《もちづき》くらげです。お久《ひさ》しぶりの方《かた》、またお会《あ》いできて嬉《うれ》しいです！　このたびは『ホントのキモチ！〜運命《うんめい》の相手《あいて》は、イケメンふたごのどっち!?〜』を手《て》に取《と》ってくださり、ありがとうございます！

このお話《はなし》は大好《だいす》きな樹《いつき》くんに勇気《ゆうき》を出《だ》して告白《こくはく》！　と、思《おも》ったら間違《まちが》ってふたごの弟《おとうと》の蒼《あおい》くんに告白《こくはく》しちゃった……!?　なんてところからはじまります。

どうしてもホントのことが言《い》えなくて、蒼《あおい》くんと付《つ》き合《あ》うことになった凛《りん》。

怖《こわ》くてしょうがなかったのに、蒼《あおい》くんのことを知《し》るうちに彼《かれ》の優《やさ》しさに気《き》づいて……？

でも、そんな中《なか》、実《じつ》は樹《いつき》くんに告白《こくはく》するはずだったことがバレちゃった！

果《は》たして凛《りん》は、どうなってしまうのか？　その答《こた》えはぜひ、お話《はなし》を読《よ》んで確認《かくにん》してみてくださいね。

ちょっと怖《こわ》いけど本当《ほんとう》は優《やさ》しい蒼《あおい》くんと、いつも優《やさ》しくて守《まも》ってくれる樹《いつき》くん。

どっちが好《す》きかな、なんて凛《りん》と一緒《いっしょ》にドキドキしながら最後《さいご》まで読《よ》んでもらえたら嬉《うれ》しいです！

この本《ほん》がこうしてみなさんの手《て》に届《とど》くまで、たくさんの人《ひと》が頑張《がんば》ってくださいました！　そんなみなさんに、感謝《かんしゃ》の気持《きも》ちを伝《つた》えさせてください。とっても可愛《かわい》い凜《りん》とふたごを描《か》いてくださった小鳩《こばと》ぐみ様《さま》！　三人《さんにん》のあまりの可愛《かわい》さに、何度《なんど》もイラストを見《み》てはにやけてしまったほどです。本当《ほんとう》にありがとうございます！　そしてこの作品《さくひん》を賞《しょう》に選《えら》んでくださった編集部《へんしゅうぶ》の方々《かたがた》、こうしたほうがもっとみんながドキドキ楽《たの》しんでくれると、たくさんのアイデアを出《だ》してくれた担当《たんとう》のH様《エイチさま》、ありがとうございました！

なにより、この本《ほん》を今《いま》こうして手《て》に取《と》ってくれているあなたに、心《こころ》からのありがとうを伝《つた》えたいです。

あなたが今読《いまよ》んでくれているから、凜《りん》たちは物語《ものがたり》の中《なか》を動《うご》くことができます。

本《ほん》はそこにあるだけではただの本《ほん》でしかなくて、読《よ》んでくれる人《ひと》がいるから、物語《ものがたり》を描《えが》くことができると私《わたし》は思《おも》っています。

なので、これからもたくさんの物語《ものがたり》に出会《であ》ってください。その中《なか》の一冊《いっさつ》に、また私《わたし》の書《か》いた本《ほん》も入《い》れてくれたら、とっても嬉《うれ》しいです。

それでは最後《さいご》まで読《よ》んでくれてありがとうございました！　またどこかで出会《であ》えることを、心《こころ》から願《ねが》って。

望月《もちづき》くらげ

アルファポリスきずな文庫

ふしぎな鍵《かぎ》に導《みちび》かれて
タイムスリップ!?

からくり夢時計《ゆめどけい》　上・下
作：川口雅幸《かわぐちまさゆき》　絵：海《うみ》ばたり

偶然《ぐうぜん》拾《ひろ》ったふしぎな鍵《かぎ》によってタイムスリップしていた小《しょう》6の聖時《せいじ》。真面目《まじめ》なお兄《にい》ちゃんはやんちゃな少年《しょうねん》で、生《う》まれる前《まえ》に亡《な》くなったお母《かあ》さんは優《やさ》しかった。ずっとここにいたいのに、あと3日《か》で帰《かえ》らないといけなくて……家族《かぞく》の絆《きずな》を描《えが》いた冬《ふゆ》の名作《めいさく》ファンタジー！

アルファポリスきずな文庫

望月《もちづき》くらげ／作《さく》

徳島出身・大阪在住。2018年『この世界で、君と二度目の恋をする』(KADOKAWA)でデビュー。水族館が大好き。大水槽の魚たちに癒やされ、イルカショーで大興奮している。

小鳩《こばと》ぐみ／絵《え》

漫画家、2022年デビュー。少女漫画を中心に活動。児童文庫の挿絵仕事も多数。

本書は、「アルファポリス」(https://www.alphapolis.co.jp/)に掲載されていたものを、改題、改稿、加筆のうえ、書籍化したものです。

ホントのキモチ!
～運命《うんめい》の相手《あいて》は、イケメンふたごのどっち!? ～

作《さく》　望月《もちづき》くらげ
絵《え》　小鳩《こばと》ぐみ

2025年 1月 15日 初版発行

編集　羽藤 瞳・大木 瞳
編集長　倉持真理
発行者　梶本雄介
発行所　株式会社アルファポリス
〒150-6019 東京都渋谷区恵比寿4-20-3 恵比寿ガーデンプレイスタワー 19F
TEL 03-6277-1601(営業) 03-6277-1602(編集)
URL https://www.alphapolis.co.jp/
発売元　株式会社星雲社(共同出版社・流通責任出版社)
〒112-0005 東京都文京区水道1-3-30
TEL 03-3868-3275
デザイン　川内すみれ(hive&co.,ltd.)
(レーベルフォーマットデザイン― アチワデザイン室)
印刷　中央精版印刷株式会社

価格はカバーに表示しています。
落丁乱丁の場合はアルファポリスまでご連絡ください。送料は小社負担でお取り替えします。

ISBN978-4-434-35127-3 C8293

ファンレターのあて先

〒150-6019 東京都渋谷区恵比寿4-20-3 恵比寿ガーデンプレイスタワー 19F
(株)アルファポリス　書籍編集部気付

望月くらげ先生

いただいたお便りは編集部から先生におわたしいたします。